柳荫 著

大海和玫瑰

柳荫
20世纪80年代
诗稿全编

The Sea
and Roses

江苏凤凰文艺出版社
JIANGSU PHOENIX LITERATURE AND
ART PUBLISHING

图书在版编目（CIP）数据

大海和玫瑰：柳荫20世纪80年代诗稿全编 / 柳荫著.
南京：江苏凤凰文艺出版社，2025.7. -- ISBN 978-7
-5594-8300-3

Ⅰ．I227

中国国家版本馆CIP数据核字第2025V61M63号

大海和玫瑰：柳荫 20 世纪 80 年代诗稿全编

柳荫 著

出 版 人	张在健
策划编辑	于奎潮
责任编辑	孙楚楚
特约编辑	王婉君
封面书法	柳 荫
装帧设计	周伟伟
责任印制	杨 丹
出版发行	江苏凤凰文艺出版社
	南京市中央路 165 号，邮编：210009
网　　址	http://www.jswenyi.com
印　　刷	苏州市越洋印刷有限公司
开　　本	880 毫米×1230 毫米　1/32
印　　张	16.375
字　　数	320 千字
版　　次	2025 年 7 月第 1 版
印　　次	2025 年 7 月第 1 次印刷
书　　号	ISBN 978-7-5594-8300-3
定　　价	88.00 元

(江苏凤凰文艺版图书凡印刷、装订错误，可向出版社调换，联系电话 025-83280257)

作者近照(马铃薯兄弟 摄)

作者 20 世纪 80 年代诗歌创作笔记本

作者《晨海散章兼致 FC》手稿

作者草书杂稿

编选说明

一、我的写作生涯始自 1980 年读高中时期，诗歌创作则是从 1982 年 9 月进入南京建工学院读书第一天决定成为一个诗人开始。从 1982 年至 1989 年底，一共集得写作的硬壳笔记稿本 34 册，1990 年以后基本上转为在打印纸上写作，界限清晰。最初我没有刻意编选一本个人 20 世纪 80 年代诗歌集的想法，但每次看到罗列的往日创作笔记本，竟然一次次地自我感动，认为将这些稿本上的诗歌（很多作品都曾公开发表）整理出来汇编成集，对我个人以及诸多朋友共同回忆和怀念 20 世纪 80 年代颇具纪念意义。原因简单，纯属偶然。

二、在文学上我并无天分，我是在投稿 300 余次后才在 1984 年 10 月吉林《诗人》杂志和黑龙江《诗林》杂志创刊号上的"大学生诗歌专栏"上发表处女作的。在所有的 34 册稿本中，前面的 14 册稿本都是初习之作，写了很多，由于质量原因，这次选编几乎无诗选入。此集是我创作相对成熟期后的作品选集，主要来自于 1984 年暑假后的 20 册创作笔记本。

三、进入 20 世纪 90 年代以后的最初几年，我较少写作，但投稿依旧，在各地报刊发表了不少作品，而这些作品很多是 20 世纪 80 年代作品的修改稿。考虑到诗艺进步而具有的修改意义，1990 年后发表的 80 年代修改作品大都没有编入,将转入《柳荫40年诗选》。当然这样的处理还有一个考量,是为了给自己40多年间各时段的诗歌写作提供力量相对均衡的展示。

四、所谓全编,显然不可能囊括所有写出来的诗歌。在可选用的创作稿本中,依然放弃了很多作品,一部分是应时应制之作,还有一部分是几首长诗,因为路径模糊及存在的重复现象、整理起来十分艰难而放弃。我在编选过程中还是保留了不少与时代发展脉络紧贴、在艺术性上略为逊色的作品,作为个人和时代发展进步的共同见证。另外,全编的定义并不准确,其实还是一个选编,之所以如此称呼,主要是因为自我主导且原则上以后不再对20世纪80年代个人诗稿作新的整理。

五、我有意将此集献给海子、骆一禾等同时代写作但早逝的诗友们,主要是怀念共同的亲历者,怀念这些天才的诗人们。在20世纪80年代,我和很多诗人一起在全国各地的不同校园开始疯狂地投入诗歌的学习和创作,可相比于海子、骆一禾等诗友,今天仍然热爱和写作着的诗人们无疑都是有福的。我认真阅读过《海子诗全集》《骆一禾诗全编》以及《戈麦诗全编》等作品集,他们的作品恰恰是在80年代的10年中完成的,尽管题材各异、风格不同、技法缤纷,但在作品的内涵和精神上彼此既有心灵的互通,也有时代共同的呼吸。同样,我也读过大批同时代诗人作品集的80年代诗歌部分,更令人回忆那一段曲折向上、青春闪烁并以诗歌为形式加以表述的历史。在我内心中,将此集献给海子、骆一禾等诗友,一定意义上就是和其他20世纪80年代的诗人一起向这些远去的诗友们表示深深的怀念和敬意。

六、由于长期的阅读和写作，个人诗歌艺术水准的提高以及受到后来诗风的影响是毋庸置疑的。在编选此集时，还有一个重要的考量就是忠实于原稿，最大程度地保持80年代作品的原文、本意和初始风格。早期已经发表过的作品自然好办些，对于需要重新整理和修改的作品，我努力倾向于做到维持原貌。当然也有一些作品，如少数长诗，改动的幅度比较大，涉及原稿的整合、气息的贯通等具体问题，我依然坚持段落和诗句本原处理的原则。

七、2015年，我应约回答了著名文学史论家、诗人姜红伟先生关于20世纪80年代大学生诗歌运动的访谈并形成了文章《用诗歌雕琢美好的青春时光——柳荫访谈录》(此文刊载于《中国诗人》杂志2016年第3期并部分选载于中国作家网和中国诗歌网)，在该文中我阐述了个人对20世纪80年代大学生诗歌运动兴起的原因和意义的理解，我将那个时期称为中国的文艺复兴期。不仅仅有诗歌的复兴，也是整个文学界、艺术界、思想界、理论界等各方面的共同复兴。打破了久长的禁锢和枷锁，是改革开放的先声，为改革开放的实践奠定了强大的精神基础，对于促进人们解放思想、追求真善美、推动经济社会发展及时代文明进步具有重要的影响，现在回眸，看得更加清楚。今天我能够安静地编选好这部诗集，既是对过去一段朦胧、纯净、向上岁月的回忆，更对未来民族的复兴充满畅想。2024年11月，我很荣幸参加了《诗歌报》(现为《诗歌月刊》)创刊40周年座谈会并作了简短发言，内容大意是：诗人、诗作以及诗刊、诗编辑都可能是一个时代的具体产物，我们纪念《诗歌报》创刊40周年，就是共同回忆和纪念一个波澜壮阔时代中我们昂扬的青春、前行的足迹和各自奋进的岁月，作为一个20世纪80年代校园诗歌、青春诗歌全程、深度的参与者之一，那个时代曾经留下过我的足迹，我引以为傲并感恩于和时代美好的际遇，感恩于诗歌带给我的欢喜。借用老诗友韩东的一句话"你飞过的时候有一种声音"，极为妥当。

八、由于工作岗位的变动、现实生活的抉择和干扰、社会环境的变化以及海子、顾城事件影响等多重原因，进入20世纪90年代后，很多诗人纷纷停笔并保持了相当长一段时间的沉默，然后又在2000年前后或更晚纷纷回归，诗界把这一批数量庞大的诗人群体称为归来派，我可能是其中之一的晚归者？不少同时代的诗人都奇怪一位曾经在80年代十分活跃的诗人如何就销声匿迹了呢？其实我从未离开过诗歌，始终坚持写作，只是速度和数量与早期相比有较大的差距，投稿几无而且对诗歌界的状况很少关心，我把更多的业余精力放在了自娱的书法和绘画上。2020年后我逐步恢复了和一些早年诗友的联系，最近《柳荫40年诗选》的编选工作也即将完成，诗集将展示岁月漫长的沉淀，同时，我也期待未来能写出更多更好的作品。

柳　荫
2025年2月

目　录

1983 年

红叶 —— 003
雪地里的邮筒 —— 004
命运之击 —— 005
返回老屋手记 —— 006
致岛屿 —— 007
三原色：读车前子同题兼赠 —— 009
童话使者：致安徒生 —— 011

1984 年

海之冬日 —— 015
悬崖边的雕像 —— 017
月亮故事 —— 019
风筝 —— 020
玻璃窗口 —— 021
织网的女人和撒网的男人 —— 022
日出印象 —— 024
黎明之歌 —— 026
夜班车 —— 028
冬雪 —— 030

独白	——	032
有许多往事值得回想	——	033
梦中的森林	——	034
阴影	——	035
迎春之歌	——	036

1985 年

那一盏桅灯	——	043
航海者	——	045
打满补丁的帆	——	047
远方来信：致 T	——	049
铜像之歌	——	050
椰子树下	——	052
现在我一个人遨游大海	——	054
画家之死	——	055
蝴蝶标本	——	056
大海为我作证	——	057
寻梦者	——	059
一只唱累了的鸟	——	060
风景：落日	——	062
山鹰	——	063
烽火台	——	064
启明星之歌	——	065
大海献给月亮的歌	——	066
故乡之忆	——	068

野草莓	——	069
归辞	——	070
古炮台之旅	——	071
凤阳花鼓	——	072
湖泊印象	——	074
毕业别辞	——	075
等待黎明的向日葵	——	077
大海边的初来者	——	079
未竟之旅	——	083
斑头雁	——	084
冬夜十四行	——	085
没有位置的星星	——	086

1986 年

沉船之后	——	089
沉船之后	——	089
子夜读信	——	090
归来	——	091
寄语	——	092
七月正午：一个海洋之梦	——	093
远方	——	095
有一支歌该怎样唱	——	096
离别写意	——	097
故事：赠 CH	——	098
想起古罗马斗技场	——	099

冰雕	——	100
冬日印象	——	102
创伤	——	103
花灯		104
放风筝心语	——	106
黄桷树	——	108
放蜂者之歌	——	109
骆驼哀歌	——	110
南风	——	112
湖滨：速写的女孩	——	113
小城故事	——	114
神祭		115
白鸽子之死	——	116
宫墙	——	117
华表		118
天安门广场夜观纪念碑		120
潮音	——	122
四轮车：赠史铁生		123
雪房子	——	124
面对一座古堡	——	125
驼铃	——	127
天空之门	——	128
南方的雨季	——	130
雨燕	——	131
夜歌五首	——	132
歌手之旅	——	136

葡萄园情歌 —— 137
　　告诉一个人 —— 137
　　回答一个人 —— 138
　　倾听一个人 —— 139
伞的故事 —— 142
孤独的夜晚 —— 144
海边：寄往日画稿 —— 145
以后的事 —— 146
割草的孩子 —— 148
长江漂流队经过南京的日子 —— 149
秋天故事 —— 153
沙百灵之歌 —— 154
士兵与少女树 —— 156
竹笛 —— 158
归来之恋 —— 160
西行的驼队 —— 162
纪念碑 —— 164
南方：我歌唱你一座新建的桥

—— 165
海螺之寄 —— 167
拾贝者小语 —— 168
北方的九月菊 —— 170

1987 年

雪天之邮：再致 T —— 177

春日遥寄	——	178
船夫	——	179
雪后初霁	——	181
红房子酒店	——	182
槐树下的婴儿	——	183
三月的新娘	——	185
丢失的叶笛	——	187
华灯初放	——	188
书市	——	189
舞厅	——	191
桥上赠诗	——	192
古栈道的启示	——	194
幻想之歌	——	196
塔吊之歌	——	200
逃亡之马	——	202
守望灯塔的老人	——	204
海祭之歌	——	205
诗人之歌	——	207
水手之析：水之手	——	210
水手独语	——	212
勿忘我	——	213
五月组歌	——	214
灯：致母亲	——	220
向往的岛屿	——	221
听贝多芬《致爱丽丝》	——	223
白鸟	——	224

音乐晚会	——	225
夜雨	——	226
忧郁的日子	——	227
背影	——	228
远去的帆影	——	229
雨夜之诗	——	230
四月的作品	——	231
断章	——	232
晨海散章兼致 FC	——	233
导航灯之歌	——	243
致杏花村牧童	——	244
向阳坡	——	246
静夜	——	247
致白桦树	——	248
麦地	——	249
最后一名艄公之死	——	251
再致放蜂者	——	253
空空的杯子	——	254
预言	——	256
自画像	——	260
米兰开放的黄昏	——	262
二十岁之歌	——	264
少女之恋	——	271
望海者	——	273
鸟鸣:致一位海外归来者	——	275
西部组歌	——	276

问答	——	276
西去的河流	——	277
篝火	——	279
画者肖像	——	280
葡萄酒之歌	——	281
黑房子组诗	——	284
黑房子	——	284
在医院	——	285
病中心情	——	286
跳出去之歌	——	287
想去看你的朋友	——	288
六弦琴	——	291
画船的日子	——	292
为了纪念	——	298
呐喊	——	301
海滨的葡萄园	——	302

1988 年

雕塑者的手之歌	——	311
玫瑰之歌	——	312
灰鸽子	——	315
伐木者之歌	——	316
馈赠之诗	——	318
速度	——	319
画展	——	320

废墟上的石头	——	321
河岸	——	325
雨中盛开的花朵	——	326
动物园	——	327
城市变幻组诗	——	328
窗台上的鸽子	——	328
错觉	——	329
车上	——	329
雨中	——	330
三角枫	——	332
雨天手记	——	333
看天空中那些叛逆的鸟儿	——	334
英雄之歌	——	335
铜像：写在梅园新村	——	336
与鹿歌	——	338
追忆	——	339
安慰	——	340
遥远的吉他	——	341
东方河流的颂歌	——	344
寄语北上友人	——	356
致一位歌手	——	357
巨灵	——	358
云雀之歌	——	362
古战场之歌	——	363
在一条河上所唱的歌	——	365
四月	——	368

曼陀罗之歌 —— 369

护岸之歌 —— 371

挽歌集 —— 374

 道别 —— 374

 旅途回忆 —— 374

 头颅 —— 375

 梦中的怀念 —— 376

 低语：关于一支歌 —— 377

 时光还有你我 —— 377

 重逢 —— 378

 1971年：阳光下的早晨 —— 379

 如梦 —— 380

 印象 A —— 380

 印象 B：回忆 1973 年 —— 381

 红光照相馆 —— 382

 探望 —— 383

 泥石流 —— 384

 一句话 —— 384

 共同的沙堡 —— 385

 竹林下 —— 386

 传说 —— 386

 橘地 —— 387

 早行 —— 388

 山海之旅 —— 389

 感激的歌 —— 389

沿着海岸行走 —— 392

打捞沉船的人们	——	394
一百年来的天空	——	395
自度曲	——	396
回答	——	397
红枫林	——	399
大风口	——	400
水之歌：献给一个人	——	401
大山寄语	——	403
蜂鸟之歌	——	405
打击苍蝇之歌	——	407
大海滩：我们相信呼唤	——	409
向日葵之诗	——	416

1989 年

鹰之歌	——	421
题一幅铜箔画：波涛中的两只船	——	426
黑色的枪管	——	428
果子	——	430
松明之歌	——	431
在电视上观看苏联销毁中短程导弹并致一位外星人		432
弄潮者	——	434
迟到的解释	——	436
草原深处：悼海子	——	440

大树之歌	——	442
火把节之歌	——	444
归来的桅杆	——	446
十字铁锚	——	448
夏日风景	——	450
微雨中的青石板路	——	451
黄金树之歌	——	453
断剑	——	457
老去的河	——	458
老去的河	——	458
呼唤	——	459
漂流的桃花瓣	——	460
葡萄架下	——	461
午时停泊	——	462
七月的水波	——	463
阳光下的草	——	465
正午的向日葵	——	467
致连云港港行进中的拦海大堤	——	468
根之歌	——	470
朦胧的远山	——	471
深秋黄河滩上的一只木船	——	472
向晚的铁轨	——	474
一个酿酒师的剪影	——	475
新鲜的鸟群：仪征化纤印象	——	476
听一个士兵谈论墓志铭	——	478

俘虏	——	480
短歌	——	481
雨窗	——	482
再致大海	——	483
光明行	——	484

柳荫创作年表（20世纪80年代部分）

—— 486

1983 年

红　叶

一条溪流在山脚下迂回
溪水中忽然飘出一片红叶
如猩红梦幻的船只

红叶是大树写下的情书
在碧绿澄明的水波上
回应激荡的绚丽
两岸黑岩和衰草之间
闪烁着火苗鲜润的颜色

如此美艳如此轻快
仿佛承载着一颗急迫的心
返回春天遥远的故乡

雪地里的邮筒

站在雪地里的邮筒
在沉默中学会了等待
倾听来自远方的脚步
雪霁后的第一个寄信者
踹踹鞋跟上沾满的积雪
来投递一颗虔诚的心

站在雪地里的邮筒
微微抖落身上的雪花
感受到了信的温度
仿佛一把钥匙打开了春之门
大地的血液加速流动
萌芽伸向繁华的梦境

站在雪地里的邮筒
风雪挡不住墨绿色的眼睛
那对深浅不一的脚印
走近然后又迈向远方
缓慢地消失于一片苍茫的风景

命运之击

路短的变长了
你倾斜的背影摇进落寞的悲哀
生命在瞬间失去许多奇妙的色彩

骏马在沙原上迷失
燕子飞离了你的手心
洒落一片泛白的露水

我想送你一支竹杖
你并不理会
抬头遥看多姿的云霭
跳过那条昔日的小溪
却落进浅浅的水里
你艰难地融入屋后的青竹林
恨不得把那片隐匿的天空撕碎

返回老屋手记

返回老屋是春节临近的下午
门口的树影斑驳陆离
当我推开门。扑面而来
是潮湿发霉的空气
你嗫嚅着向我展示一只细瘦的腿
变异的黄豆芽扭曲在陶罐的沙土里

你飘忽的眼神是暗室中游离的焰火
我绷不住夺眶而出的泪滴
西沉的太阳缓慢地低移向塑料布蒙住的窗棂
灰尘爬满窗格。透过来的光辉
朦胧地洒落重逢的悲伤

我想安慰你。却找不到合适的言辞
无法挟持的春天正走在路上
趁屋角停留冬日的阳光
尽情晒晒。太阳的扫帚挥舞
将驱除你心中久埋的荫翳

致岛屿

何时你能收揽我发痴的梦呢
十七岁男子汉的歌离开栀子花瓣的嘴唇
你离我太遥远了。在垂危的薄雾中

如果仅仅是为了寻找那一片静谧的天空
我将不再歌唱。可悠然坐下
听风浪描述大海美丽的风景
如果仅仅是为了流连岁月的浮沉
我将不再行走。让繁花开满未被耕耘的额顶
但我绝不播种虚无的种子
一个热爱者总渴望你波浪的回音

你定然在那遥远的一角
用岩石作歌。用流水做琴
期待一片风帆穿行的声音
浪涛迟钝了你的触角
我在不倦的划行中展示前所未有的真诚

或许有一天我终将抵达
在你的怀抱里交响思想的纯真

你说把孤独留给自己咀嚼吧
而我并不认为我是孤独的
挺直了青春的脊梁和你一起执着地沉吟

三原色：读车前子同题兼赠

一个人踏着如歌的行板行走
道路弯曲高低。如海上的波涛
偶然蹲在树林的角落里咀嚼三原色
迷糊的红黄蓝逐渐明朗
青蛙蜷伏在井底
苍穹却有劲舞的雄鹰

金黄的太阳流着殷红的血
弥漫向井口的边缘
四周是海洋鼓动蓝色的爱情

固执的是风。但我们必须行走
上弦月的弯刀切开星球
一半是东一半是西
一半是黑夜一半是白天
将来一定会明白黎明的回声
三原色的道路响动破碎的白冰
忠诚地投向青春的怀抱吧
纵然所画的圈并不是很圆

总有高山挡住前路
三原色是无可奉告的象征
即便影子跌落黑色的沟壑
我们还将和风一起跨过深渊

童话使者：致安徒生

感谢你美好的童话使者
坐在一条寂寞的河岸唱歌
船舱中运载的黄金被海盗掳去
唯有你的歌声沿着阿登河
渗入大地的每一个毛孔

弗南夜鹰遥望五颜六色的宫殿
传说里的城堡散发斑斓的光辉
那只是你对故乡的向往么
就像我现在离开了故土
想象你的描写为我弥补相思

我行走在你种植的森林里
因为牵挂一个卖火柴的小女孩而流泪
哥本哈根的港湾竖起大海女儿的雕像
穿着水晶鞋子的灰姑娘
还在山上的小路崴脚奔跑

我有幸在你的故事里读到他们
他们的名字也因为你而不朽

1984 年

海之冬日

季节不再用绿色加以描绘
被淡淡烦恼所推移的是那苍老的日子
只有山从一带启开的窗口里浮动生机
或许鸟群已经冬眠栖息
桅杆在风帆垂落后孤独地矗立
挑动着无数个晨昏
天空灰色的负载从穹顶爬过
绿色的阳光在涨落的涛声里溅起

定然那辉煌的梦
在无声的云海里孕育
海菊昏沉沉地啜饮那蓝色的花期
沉默的永恒被波浪刻成浮雕
日光下斜放着一双双撒网和织网的手臂

但海并没有静止
你听到那波涛在唱着湛蓝蓝的歌谣吗
你听到礁石缝中水浪拍击的低语吗
一个老人走向海边
看望看不够的大海

眼睛里翻腾着绿色的炉火
海上的群鸟正自由散飞

当冬日悠悠的飞雪
斜插着哀伤的故事
身边的寂寞逐渐膨胀
负荷的弹簧逐渐失效
晴空崩出泪珠
燃烧着那海岸分离又永不分离的相思

海之冬日乃静止中永无静止的冬日啊

悬崖边的雕像

一阵没有预告的狂风和暴雨过后
天空的东北角飞动着残留的乌云
高崖上的流泉变成瀑布
慌不择路地赶向大海

海边山头的峰顶陆续聚来一群女人
头戴斗笠。身披雨衣
脸色铁青凝重。泪水在眼睛里萦回
手搭凉棚眺望着远远的海面
波涛翻动排雪
鸥鸟却已经开始歌唱颉颃

附近渔村的几条捕鱼船还没有归来
女人们坚信在风雨到来前
渔船已经找到避风港
只是现在还没有任何音讯
她们不约而同集合在山巅
没有说话。默默祈祷
眺望台风过后的海天一线

如一尊组合的雕像矗立在天空下

……寒冷的海面
尚无期待中缥缈的帆影

月亮故事

照着你也照着我
是天上的一轮明月
你和我各向西东
竟发现月亮也各向西东
可天上的月亮只有那圆圆的一轮

我不停地向你解释
你却淌下了委屈的眼泪：
月亮明明跟着我
你怎能骗人说月亮也把你来跟

可怜的月亮呵
你就跟着她吧
为了让她相信我
我愿承受这些甜蜜的苦痛

风　筝

白天把乌黑的雁群衔走
晚霞燃烧的粉末落满远方的山岗

电话线悬挂着破败的四方竹架
青树林在微风中轻轻喧响

你怅望着不肯下来的风筝
只能为它呐喊加油
想象它每次摆脱时积蓄的能量

玻璃窗口

你在玻璃窗口
无忌地望我
望得我脸红红的

我终于吹了口气
冬天的玻璃窗
便不再透明
这样真的很好
你看不见我
我也看不见你

三月重新看见你时
你的脸红红的
像我窗前的那株桃花

织网的女人和撒网的男人

男人又去撒网了。女人在家里织网
男人在抖落的圆弧里想起女人
女人在穿越的梭子里想起男人
默默地眺望　默默地爱恋

于是在大海与陆地之间
男人和女人是一个整体
在船头或屋顶的炊烟里飘升袅袅的思念
男人是岛。在海水无常的拍打中高唱《故乡》
女人是岸。在轰鸣的涛声中低吟《归来》
一起深情地凝望翱翔的海燕

男人又去撒网了。女人在家里织网
男人坐在海风里讲述女人的勤劳和贤惠
女人坐在矮墙边唠叨男人的木笃和粗心
默默地祈祷　默默地梦幻

于是大陆与陆地之间
男人和女人都是蓝天的一角
在同一轮太阳和月亮的照耀下
期待久别后重逢的激情与狂欢

男人酒醉了。在丰收的鱼群边鼾声如雷
女人睡不着。怀抱着孩子盘算着渔船的归期
相思如网编织着共同的语言

男人撒网归来了。女人旋着风去接他
她想闻一闻男人大海一样的香味了
渴望男人抱着她转转
泪珠里滚动着相逢的欢乐和等待的心酸

男人撒网归来了。女人旋着风去接他
女人兴奋时是不知羞怯的
男人便用粗粗大大的手抚摸她
女人服服帖帖地享受爱的温暖

然而男人又狠心地离开了
背着网走在前头
女人跟着。晚霞融进她涨红的脸
她问男人出海有没有危险
男人的回答只有几个字很短很短
男人就像海潮一样涨涨落落
可女人知道他的心中永远燃着烈焰

陆地和大海在海岸线上相抱延伸
海葵花不怕苦与咸啊
正热烈地向男人和女人绽开爱的春天

日出印象

难道仅仅是因为等待
才使无数颗心临窗而望
高山上的悬崖爬满常青藤
野花在山谷张裂的岩缝里生长
难道仅仅是因为苦难
才使无数颗灵魂在憔悴中颤栗
道路上带血的脚印
踩过光芒交集的黎明

第一缕霞光刺破冰层坚硬的躯壳
雄鹰翱翔于远空
挑战笼罩大地的威胁
瀑布呼啸着向深渊飞临
大海的波浪摇动白旗
安插于万马奔腾的战车
誓死一战而不求苟生
涛声因为风巨大的鼓动而轰鸣
而磨难的棱角始终分明
叛逆的力量抗击沉沦
冉冉的光辉呼唤万物的苏醒

从地平线遥远的边角
太阳从万古洪荒的黑暗里向我飞驰而来
斑斓的颜色扑满天空
我是太阳的崇拜者
举着心的一把火柴等待燃烧
又渴望如一只飞蛾
羽化在你光和火热烈的胸襟

黎明之歌

黎明清新地照耀
今天属于你也属于我
灿烂的光线带来希望的潮汐
白帆驶出封冻的寒巢
灵魂的触须向彼岸伸展

海上有风暴
有浪涛拍打航船
沉默者凝望天空而流泪
手臂攀缘向虚空的岛屿
浩瀚的海面中有枯死的桅杆
飘摇生命绝望的呼唤
但太阳不奖赏眼泪
正以摧残的悲痛
以失败的愤怒
在乌云中发射千万支带血的响箭

太阳每天都是新的
高车的轮音交奏七彩
乌云一次次逃避

阳光洗刷每一撮不化的积雪
当我再一次跟你见面
我将更加朝气更加新艳

请以真诚和温暖的目光祝福我吧
我就是一片白帆
撑开了长风飞舞的发辫

黎明不宜沉睡
今天属于你更属于我
我们的生命
将在一次次苏生中
翱翔云天

夜班车

一株疲惫的小槐树长在家门口
温和的星光在叶缝间筛下来
如初开的花朵纷纷飘落
星空里你的眼睛流着渴望的星火
而一辆摇摇晃晃的夜班车
刚刚从起点站出发走向终点站
终点站属于疲惫了的你
也属于疲惫的我

夜班车摇晃着摇晃着

清风流过合不上玻璃的车窗
带着九月的凉意吹拂着你的额头
加班时的一盏台灯轻柔地照着
光芒流成了一道默默的情河
于是星星在你温情的手掌上坠落
月亮亲吻你脸颊上汗的火热

夜班车摇晃着摇晃着

时空的流水线激溅起生活的浪花
充实地在你我之间运行
小槐树梦圆了一轮小小的宇宙
在中国有我们奋进的青春
也有窗台上存放一盆兰花的安乐
让我们之间相互慰藉
在夜班车的摇晃里深沉地吟哦

夜班车摇晃着摇晃着

冬 雪

冬雪纷纷扬扬纷纷扬扬
下落着一个美妙的黄昏
我们相互挽着手臂
沿着一条小路走向远方
小路在我们的脚底下延伸
延伸不可破译的思想
我们只知道温热不知道寒冷
任雪落在我们的脸上
冬雪纷纷扬扬纷纷扬扬

冬雪纷纷扬扬纷纷扬扬
下落着活泼而轻盈的希望
心不会凝固友情不会凝固
林荫间的小路该有蜜蜂在歌唱
低语。吟哦。伴随着我的耳畔
也许是情话诉说着衷肠
一片片掉落的是自然的音符
琴弦的光音在不停地鸣响
冬雪纷纷扬扬纷纷扬扬

冬雪纷纷扬扬纷纷扬扬
下落着来自悠远的情思
两行脚印浅浅地落在冬天的画板上
箭头指向了春天的方向
幽静的小路我们很快乐
寻找复活的风寻找落叶的梦想
是的。我们都没有打伞
没有掩饰这用不着掩饰的二重唱
冬雪纷纷扬扬纷纷扬扬

冬雪纷纷扬扬纷纷扬扬
迎来了一个淡蓝色的晚上
松林小木屋内闪烁的灯光
点亮了一个古朴的童话
彩色积木箱内两朵娇艳的山茶花
正缓缓地开放

独 白

大海敞开了无垠的大门
我已在繁复的涛声里沉醉
海边奔跑的孩子模样都很黑
只有欢乐暴露洁白的牙齿

我在海风中漫步
潮水打湿了我的裤管
波浪喧嚣着让我远离
但我热爱此生
热爱每一天都能和大海在一起

爱得忠贞。爱得辛苦
太阳在河流尽头自白地燃烧
我没有虚语也没有诺言
只有风暴来临时加速的心跳

有许多往事值得回想

过去的日子逐渐沉沦
在黑夜或白天
沿着手指的方向
时间的光线变得曲折
落叶和阳光交替
围绕在我的身旁
我欢笑或流泪
或一言不发

有许多往事值得回想
那山间发光的小径
水中被波浪覆盖的青草
石头蹦出的火焰
以及被泥沙埋藏的珍珠
这些精美的事物都悄然归来
容我一一清数
并复述欢乐或悲伤

梦中的森林

请不要过多描绘昔日的旅程
年轮围绕头颅或者脚掌缓慢展开
冬天的雪纷扬飞舞
松鼠的眼睛在冬眠的巢穴中闪烁迷茫
我穿过漫长的河界
老人的手指习惯指向北方
我能听见森林的离歌
梦中的落叶堆满栖息的阳光

你怎能拒绝我的到来呢
我在森林中寻找崎岖的道路
夜渐渐暗了下来
北方的大雪不曾停息
但在一个雪霁的黎明
远行者的脚下一定有嘎吱的脆响

阴　影

不知阴影从何处飞来
盘旋的云团阻隔光明
你的喉咙被残暴之手卡住
歌唱……总被别的嗓子代替

长河还在原野上流淌
马群放开了关闭的栅栏
你的静默如同积蓄一场利剑的风暴
黑色的影子纷纷坠落成雨

迎春之歌
（献给改革者）

1

当岁月的裂缝在风雨昏暗的抽打里哭泣
泪珠冰冷地沾湿了天空袅袅的烟云
于是在山巅。在一道流泉之上
吱哑的关节在缝隙里磨炼着伸展着
一千次呼号一千次茁壮
一千次因晨星的陨落而飘化成残絮纷纷
总不倦地爬行于峭壁
呼吸晴空之清风。呼吸积雨之流云。呼吸日月之华精
默默地将温柔的手臂伸向弯曲的穹顶
如果你此刻坐在山脚下冥想
或者在视线里祈祷第一片红霞
你的呼喊夹杂着雄浑的记忆
抚慰奔跑中高尚寒冷的峰群
历史将跪在你的脚下
将满杯芬芳的酒液高高地斟向你的头顶
勇敢的导火索点燃了属于时代的雷霆
灵魂长出一对对扑击的翅膀

在复苏的宇宙间飞升

2

踩着河流奔腾摇晃的堤岸
思考大地和生命的回温
南北方原野的春之重锤
击碎了封冻中国改革流域的坚冰
春天跳着天鹅湖般优美的舞蹈
大山雕塑上的每一道沟脊都流泻奔决的声音
风筝从蓝天上飘起来了
悬崖上的瀑布在高空中坠落
呼唤色泽斑斓的彩虹
你的目光遁入云层
玫瑰色的阳光编织起爱的冠冕
那棵高岩上挺立的寂寞老树
在黑云压抑的苍穹下闪烁温暖的花瓣
料峭的风在他脚下摔得粉身碎骨
化作一颗颗梦想洒落的种子
迈着针尖的步伐在时间之光碟上回省

3

或许积雪还在缓缓地攀缘入云的山顶
企图将山围成一只企鹅。笨重而混沌
但白色的围巾扼杀不住流动的日子

阳光的调色板喷薄荡漾的自由
山谷中喧响大海不可抑制的潮声
海的每片潮汐都如青翠的叶子吹奏复活的号角
锐爪抓烂每一角破碎的夜空
时空交织的舞台躁动着轰鸣的节奏和韵律
将伟大归功于此吧
黑压压的森林是一尊尊护佑的雕像
风的千万只手指一起溅落在大山的巨大琴弦之上
音符飞满了每一个朦胧的黎明和黄昏
飞向每一个手掌和胸膛火热的青春
九百六十万平方公里的大地
早已摒弃浓郁的愁梦
巨钟的时针铰碎东方痉挛的苦痛和沉闷

4

幻想的翅膀在伸展中折断了
折断了又在力量的聚合中延伸
在琳琅的长发飘浮于睡意蒙眬之际
你听到远方河流殷勤的召唤吗
复苏的希望和流泉一道奔腾
岩石里的熔浆爆发成一座座火山
请收住太阳这张绚丽的七彩帆吧
用风霜之中的坚贞迎迓久违的春神
每一棵树上扩散的年轮都在展示海的波纹
无须为一只留恋于花园的蜜蜂而哀叹

无须为一只沉溺于港湾的船只而安魂

将希望高悬于峭壁

高崖古树的花朵绽开启明的星辰

开放吧……开放属于你属于我的新世纪吧

花朵的烈焰将烤化昨夜积满的寒霜

烤化一道道封闭潮水的冰山雪岭

你……我……我们

终将一齐开放

开放一个太阳滚圆滚圆驰来的黎明

1985 年

那一盏桅灯

就像一颗无名的星
永远照耀我思念的额头
晚风徐徐地叙述着远方的故事
海洋的一角静止了潮汐
你就那样亲切地结出属于航行者的无花果

单调的涛声

在没有星光的夜晚
水手的指尖叩击大海的心窗
水波咕咕地把相思告诉岸边的一株老树
我就躺在被风吹着的甲板上
望着你宁静的目光
等待漫漫长夜快点消失
白帆成为我出征的旗帜
蓝色的网打捞温和的记忆

夜海开满黛色的花

静下来幻觉便相继出现

梦中分离的岛屿是一片流动的故土
故乡缥缈的轮廓在天边奔跑
母亲在贴满剪纸的窗下呢喃我的归期
一盏桅杆上昏黄的灯
点亮了苍茫和古朴
昏暗的旋律纷纷飘落下来
伴我走向一个摇晃着波浪的梦的国度

那一盏多情的桅灯啊

航海者

一群鸟从风暴的惊恐里栽落下来
白色的羽毛扬起一片片透明的波浪
没有谁告诉你这世界和大海的可怕
你只是将黑色的头颅高高抬起
微笑地面向深邃而变幻的天空
倾听远方涛声自由的回响

双桨不曾划碎天边的云彩
桅杆不曾称重过沧海的负载
航海者的爱全都编织在打捞岁月的网上
湛蓝的大海鼓荡青春的激扬

定然记得离岸时悠然的阳光
朝霞舞动旗帜展开自由的战场
每一片海岸都蜿蜒拥抱着一片忠诚
每一片忠诚都渴望在舞蹈中歌唱
但苍老的记忆只能从搏击中重温
大海没有标本。也没有浮现殷红的血
轰雷的回声如巨钟撞击
千万只青铜色的飞鸟正自由放飞

放飞者放飞蔚蓝的思念
最初的意志塑造了山的形象
航船满载着浮沉的海平线
相思的潮汐摇动日落的悲哀

航海便如悠悠地穿行于夜径
有几颗闪亮的星星永远为我照耀
祈祷不是办法。侥幸不是办法
任长风飘卷蓝色的梦
我在大海上行走
依仗桅杆的骨骼
在暗礁和风暴中执紧自己的命运

打满补丁的帆

不会忘记那年七月
风将你撕成记忆的碎片
但我所已猎获的不仅仅是鱼群
活蹦蹦地跳荡在船舱里
更有黄昏的凝重　黎明的微笑
以及巨锚投放下的定心丸

我与你同样破碎过
在海里在河流里

后来我找来了一根长而粗的钢针
在海岸线上双重地缝补你
缝补你巨力中的破碎

有一块美好的陆地在灵魂里
无限地闪耀

从那些防风林一般的礁石群里
我谛听过静止的忠诚
从那些选择漂流而又到处生长的椰子树中

我谛听过运动的坚贞
不一定要用语言来疏通世界
从你那安详的目光中
我领略了你古古老老的歌声

静静地将自己的触觉伸向那蓝色的疆域
沉落的星群跳动着火光
沧海的肺部吞吐带腥味的风
我似乎已不再感到陌生
我也不再为这苍茫而阵阵颤栗

不必斜视那天空的乌云
不必斜视那汹涌的波涛

打满补丁的帆呵：
我是你的形象
你是我的旗帜

远方来信：致 T

夕阳的马匹放牧在群山背后
黄昏的钟声里飞起一群白鸟
在熹微的夕光下。我欣喜地阅读着你的来信
阅读你从遥远的北方投递来的热情
潮水在心底荡漾。花朵在自由地绽放
在你的信中。我闻到了黑土地上红高粱重重的芬芳
遥远的峡谷
空地上挤满了摇曳的丁香

夜晚就这样悄悄来临
那么纯净。那么安静
当我抬起头来仰望天空
又仿佛看见北方夜空中你星星一样明澈的眼睛

铜像之歌

你和我一起
走过陌生的城市
城市里的居民看到远来的客人
就热情地跟我们说
广场上有一座铜像

铜像在广场
在太阳最不被遮挡的地方
周围的花草很鲜润
人群涌动着流过它的身旁

我和你一起走到铜像跟前看铜像
铜像的生命放射着金黄的光芒
你向我说起许多熟悉的名字
沉重的风收敛飞舞的翅膀

我们一起看铜像
铜像一起看我们
你说这呼吸这旋律这线条
正是梦中见到的模样

城里的人十分好奇
两个孩子站在铜像前一动不动
好像两尊小铜像在广场屹立
太阳的光泽沐浴在孩子的心上

城里的人永远不会懂得
天使的纯洁没有被岁月遗忘
你我好奇的眼睛闪动敬意
渐渐觉得铜像很像又不像

就这样我们穿过这座城市
那里的风引领我们去看铜像
我们终于找到了梦中的铜像
梦中的铜像和我们的对话很久很长

椰子树下

1

大海给我的印象是淡蓝色的
如同你赠我的一片柔情
你跟我说桅杆上转动的一轮太阳
跟我说指尖上跳动的波浪
还有海星星发光的传奇

也许我有海子一般的眼睛
在蓝宝石反光的正午
因为寻找奔放的快乐而沉思
但只有在我和大海无声的交谈里
我才懂得属于自己的主题

心与心因相互接近而了解
你热烈地望着我
仿佛世界上唯有你才能透视我的秘密
我真想走进你守卫着的大海
接受波涛对我的洗礼

2

如果我下次再来海边
向你诉说一个精致的黄昏
或者摘下你一片宽大的叶
盖住我迷惑的眼睛

大海一定不会咆哮了
她在我的心中是自由的陆地
等待我崭新的铧犁
我还想把我的脚印
留给海螺与鸥鸟
留给长长的闪耀的沙滩
把我的热爱
化作风中无尽的絮语

也许我已不再是无忧无虑的孩子了
我是一个开始抉择命运的游子
在你的树荫下盛赞海的美丽

现在我一个人遨游大海

翻过一页页浪花
波涛的峰峦压住沧海的呐喊
我穿越如勇敢的鲸鲨
向往点燃蓝色火苗的彼岸

现在我一个人遨游大海

奔放的浪涛鼓满我的胸怀
温柔的秋波荡漾青春的心田
自由的王国是我奋斗的故乡
波浪将为我一次一次的荣耀加冕

现在我一个人遨游大海

我高昂头颅展翅于水面
如蝶如鹰。如一片漂浮的海魂衫
鸣叫的军舰鸟快乐地盘舞
万千个水手都已成为往事
在浩瀚中我从来不曾感到孤单

现在我一个人遨游大海

画家之死

一只耳朵鲜活地切落
画家的血已经流尽

当身躯被埋葬在种满向日葵的土地
画板盛开着阳光的壮丽

多少年后。好奇的人们
瞻仰时光剥蚀的灰尘
一只耳朵蹦跳出来
如闪动流苏的贝壳

画板上鲜血四处流淌
你还在泥土里孤寂沉睡

蝴蝶标本

你明快地在春天飞翔的时候
却被黑色的手捉住
冬天未来
你的翅膀已经僵硬

现在你被钉在玻璃窗内的绿绒毯上
凝望窗前那一片萋萋的芳草地

愚蠢的人终生不能醒悟
但聪明者却在你的身上发现历史

大海为我作证

为试一试生命的胆量
我才走近大海
在与峭壁共同屹立的日子
支起铜版画坚硬的线条
粗犷的云色吞没了所有懦弱
波涛轰鸣的海岸
留下一个水手坚毅的肖像
但这并不是一件循规蹈矩的事情
说不定瞬间我们便永不相见
永不相见。你可以继续试一试生命的力量
来到海边
张开双臂抱住大海
吟诵大海无边的威力
你能够听到一只鸟落在你的肩胛上
在你的耳边轻轻嘀鸣
我想说这是水手灵魂的天使
这也的确是水手灵魂的天使
是无数孤独死亡喂养的天使
日夜呢喃大海不倦的热爱
只有大海的涛声

还在此起彼伏
只有大海上水手的命运
还是那样此起彼伏

大海为我作证

寻梦者

两边的山峰倒立
倾轧海角黑色的投影
影子悄悄穿越
一只不声不响的蝴蝶
落入了蜘蛛的罗网

风很硬也很冷
将你裹住
推进苍茫的风景
大陆架上长满青苔
鱼群来来去去
眼睛明灭中闪光
当你走过的时候
整个天空开始发热

一只唱累了的鸟

一只鸟
停在枝杈间昏昏欲睡
歌唱的太久
山泉消失又顿然涌出
也许是累了
季节里没有雨水
喉咙因失去水分而破裂

一只唱累了的鸟
停在枝杈间
缅怀五月树木上流动的露珠
缅怀天空湛蓝的酒杯
大地晃动的树干
在记忆中倾斜

一只唱累了的鸟
多么希望继续唱歌
歌唱水草或丁香树
只是发不出声音
路过树下的情人

没有发现他的影子
动人的世界变得无趣
只是他的心从来没有停止歌唱

高空落下一片树叶
天框落下一滴眼泪

风景：落日

有一声长叹
从峰顶滑向谷底
群峰痒痒地梳理毛发
感受余晖的温和

一个农人扛着锄头
从高原上缓步而下
落日在他的头顶上
恰如一顶麦秆编织的草帽

山　鹰

那一只从峰巅中忽然蹿出的山鹰
是一块崩天而出的岩石
一片阔叶的阴影掠过高原
倾泻一阵阵凛冽刺骨的寒气

在山鹰锐利的一声鸣叫中
我是一个行客
惊悚如一只准备逃脱的野兔

烽火台

汉皇设置的关隘早已废弃
蜿蜒山脊上的烽火台是一只落寞的土堆

它的旁边长着一棵歪斜的老树
像一个执弓引箭备发的士兵

他等待的不是烽火狼烟
他想射落那一轮照彻其孤独的夕阳

启明星之歌

总有那么美妙的瞬间
你在天空垂下金色的发带

我们并不能相逢
我们之间是一片迷茫的沼泽

但我们能够透过地平线前沿的窗棂
互相看见青春的容颜

大海献给月亮的歌

在我朦胧地向往爱的夜晚
你在天庭中以精美的歌声诱惑我
一个宽阔的海洋
在你的歌声中翻起了滔滔巨波

夜很静。孤旷的海岸没有行人
山脉在浅黑的光晕中悄然隐遁
只有你和我相互注视相互吟哦
我沿着天空陡峭的峰峦攀缘
用成堆成堆的浪花为你编织花冠
我沿着光芒的道路向你靠近
把散落在原野的诗篇化作思念向你诉说

也许你只是诱惑我
只是像照耀万物一样照耀我
我的心却开出了万千朵银荷
波浪的骊歌梦幻着一团团希望的焰火
夜那么安静。天庭高远
你目光冰冷
我的大海却开遍了鲜花

我的大海却写满了诗歌
我在海上踏着如歌的行板
应和你呼吸的节奏

如果你是悬挂于天庭的一只吊钩
我就是一条遍体发光的方舟
渴望被你牵引着在云中遨游

故乡之忆

沿着海岸弯曲的路线
我寻找诞生的港湾
一路上陌生人的手指不停比画
风中的船只像婴床一样摇荡

故乡你忘记了我吗
一块块巨石垒成的山村
沉睡在涛声中央
襁褓传来甜蜜的哭声
应和着东海的波涛

我认识在山梁上的岩石
在月光下堆砌发白的道路
木门吱呀打开
抛出一颗最初松落的乳牙

野草莓

你给我带来了鲜红欲滴的野草莓
放在青草编织的小篮子中
你轻声地跟我说
在山那边的原野上
有一片很大的草莓地
一颗颗硕大的草莓如星星一样闪亮

你相约我不许跟任何人提起
我点点头表示遵守你的秘密
我想象着一幅美丽的画面
清风吹拂。草莓成片地在山地上晃动

是的。我不会跟人提起
甚至我也不想和你一道前去
我只愿吃着你给我带来的草莓
并在心中保留想象的欢喜

你的野草莓生长在所有人之外
只有你跳跃的手指
才能在那片山野穿行

归 辞

风起东南
扑打着我的裸脚
肩胛上的灰尘
被手指轻轻弹去
星光迷茫窥见海底
云在树顶上轻盈栖息
繁闹的蝉声
啼鸣不停

田埂上的野花半开半闭
小木桥为我久久躺着
蝈蝈虫唱起了熟悉的乡谣
蝴蝶梦被滴落的露珠敲醒
一阵温暖包围过来
那最最亲切的
是母亲盖在我额头的吻印

古炮台之旅

当飞雁顺着辽远的风雪从灰蒙蒙的北方归来
南方：我的太阳灿烂地照耀在生锈的古炮台上

岁月在春天的舞台上踮起脚尖
青春便在季节的草地上轻快地旋舞
面向大海的牙齿咀嚼过苦难的波涛
时光掉落了一片片黄铮铮的钟声
古铜色的微笑早已变成锈蚀的记忆

乌黑的天空响起轰隆隆的闪电
生命在固守的土地上吹动号角
海上忽地卷起一阵蓝色的风暴
夹杂着浓重的硝烟和飞奔的火星

南方啊南方。当我在你的大地上行走
太阳照亮一座座破落的炮台
照亮退化的历史照亮悲伤的记忆
我仿佛还是一个身着戎装的炮手
警惕地盯着乌黑海面上蠕动的舰影

凤阳花鼓

南方。我在你的鼓声中为你流泪
黑夜围上了一层黑色的沙幔
蚯蚓艰难地穿行板结如砖的泥土
大地的风正抚摸一片苍凉的花朵
先人的坟墓像波浪一样汹涌
我想弹拨一支几百年前的曲调
雪花和落叶很快在指尖下一起飘舞

南方我的故乡。凤阳敲着千百年的花鼓
鼓手苍老的泪珠在眼眶中闪烁
我听不到飞鸟自由的歌唱
黄昏和黎明的肩胛上爬满蚊蝇
苦难在嘈杂的节奏中无处倾诉

我想修一封家书寄给远方的岁月
笔底的相思晃动潮汐的喧响
唱一唱凤阳是一个好地方吧
鼓声中春风赶在路上
归去来兮。归去来兮。南方我的故乡

荒野的道路隐约一片柳暗花明

花鼓如同一张张孩童的脸盘
在南方咚咚的锣鼓声里轻快飞旋

湖泊印象

蜗牛卷曲的身子里萌出一瓣绿茵茵的草叶
盛水的陶罐中漂浮着小鱼灰白色的眼睛

毕业别辞

挥挥手
你我将在地北天南

轨道是一根长弦
节节车厢的琴键
按出有节奏的乐段

不要流泪
不要背过脸去
泪水是软弱的
而你我已经长大
已经长大
你我都是男子汉

男子汉呵
面向风雪
肩扛青山

两个歌手
两支竹笛

两朵青云
河上的两只水鸟
海上
……两片自由的风帆

等待黎明的向日葵

仿佛在仲夏夜里无法入睡
感觉时光的指针停止了转动
稻草叶痒痒的沾满全身
想抹去却无法抹干净
我与你只好坐着苦等黎明
忽然看见大地上伸出来无数只小手
缓缓旋转着心的叶片
为一种死亡而诞生
你和我惊讶不已
更加无法入睡
搓搓眼睛听蜜蜂嗡嗡闹动于远处
萤火虫提着灯笼四处寻找
热烈的嘴唇在靠近的同时
呼吸也变得愈来愈沉重

土地上的脸庞隐约如林中的花朵
伸出来的手臂在风中摇摆
打捞并不死去的光辉
满天的星星一闪一闪
掉落于寂静的湖

掉落于即将如期而至的黎明
而那些光亮又自由汇聚
向你和我掷来
看呵……听呵……
向日葵在旋转
大地在旋转
太阳在旋转
向日葵跟随着太阳旋转而旋转
向日葵加速了太阳的旋转
……而互不停止

大海边的初来者

1

被大海召唤的飞鸟
在天空的高巢里振翅
红杏开满我的心房
云影下飘忽波浪的羽毛

前人的脚印早已被海水淹没
我只是一个大海边初来的孩子
在城市。我曾阅读过一张画
画面上孤单的孩子坐在礁石上远眺
我也曾阅读一本关于大海的诗集
并在诗中认识了虚幻的波涛

但我可能已经来迟
独自行走在辽远的海岸
露出坚强的微笑

2

太阳是巨星
拖着光的尾巴运行在辽阔的轨道

年复一年。日复一日
总有被乌云隐蔽的时刻
浪花旋舞。不断有人勇敢地弄潮

远方的海滩。站着一个孩子
一个光着膀子满身乌黑的孩子
肩上背着竹篓
他走在赶海的路上
在潮水退却的滩涂上寻找遗落的珍宝

眼睛闪烁蔚蓝的星空
白色的牙齿贝壳般闪耀

3

海滨逆光下的礁石
发出古铜色的光辉

我跑向那个孩子
跑向那个和我同龄的孩子
欣喜于找到了可能的同伴
我向他高呼：你好

你好。你好
我的问候穿过海风粗犷的呼吸
犹如向浩瀚的大海问好

4

当我伸过手去和他相握
他也下意识地伸手

两只手。一粗一细
一黑一白。一大一小

闪电飘过。两只手顿然抽回
大海回收潮汐
远去的波浪回收昂扬的咆哮

大海近在咫尺
海上的白帆梦魇般飘摇

5

我们不知所措。停顿片刻
他忽然友善地向我点了点头
然后转过身向远处跑去
山崖上洒落星辰般的石头屋
他的家人正在那边呼喊

我听见他的背篓里
蠕动沙蟹的声响
我看见他的跑动中
背篓摇晃着一把覆盖的青草

蠕动的沙蟹。蠕动的潮汐
摇晃的青草
摇晃大海蔚蓝的波涛

6

我在他的背后
向他挥舞着初来者的手臂
仿佛是为了告别
更仿佛是为了挽留或对话

他却始终没有回首
背影渐渐消失在海滩尽头
而在我奔涌的指尖
大海的波浪顷刻重临
无情地吞噬刚刚砌筑的沙堡

激越的浪花四处飞溅
我在海滩淹留的脚印
捧起一把把深秋的落叶
在夕光下静静燃烧

未竟之旅

你将在我失约的渡口流泪
孤桨默念划不动的时光
太阳微稀的余晖爬满我的忧伤
请你告诉我童年还有没有珊瑚贝

想象那次初夏的旅行一定很美
山路弯曲延伸。海岸灿烂金黄
蜜蜂和蝴蝶争逐着支起翅膀
你一定会问我是否怀念并且后悔

我说我怀念但绝不后悔
苦厄的命运使我过早地承受重量
我不敢用珍贵的时间来作赔偿

而捣碎的灵魂正随大雁四方翻飞
我已经失去了我真正的故乡
我不愿意你因我去流浪受累

斑头雁

记忆中的风雪永远凛冽
铅色的天空裸露凶恶的脸庞
你的鸣叫点燃枯黄的原野
穹庐如破船在海上颠簸摇晃

一尊礁石已经风化粉碎
粗暴的手掌扼杀勇敢的飞翔
你无惧威胁并宣告不会后悔
跌宕的命运馈赠你嘹亮的歌唱

歌唱。歌唱。寻找铿锵的共鸣
葳蕤的草叶扩展辽阔的春天
羽毛四飞应和雪舞的风景
腐烂的泥土中是写满泪水的诗篇

你的骨骼震动重金属的声响
额头因不断摩擦发出铮铮的宏亮

冬夜十四行

窗外蹲着一只毛茸茸的黑兽
我无意观察它冰冷的眼睛
荒野上游荡片爪明灭的鬼火
野性的呼吸吞吐咆哮的风声

我在孤独的小屋里静坐
室内炉火的交响噼啪动听
没有言语。但有泪珠闪烁
细碎的脚步踏响了油灯的投影

想象着远方的黎明。云开天青
我旅行并将成为大地的歌手
冬夜的冰花开满寂寞的窗棂

我不曾抛却幻想。唯愿终生倾听
青山蜿蜒江河执着地行走
弄潮人在海岸上如风般行进

没有位置的星星

把微笑浅浅地留在梦里
把希望深深地播在心底
你在天空上寻找一个位置

也许掉落的已被遗忘
也许升起的不过是苍老的回忆
既然你赋予了我一颗搏动的心
总有光芒照耀属于你的领地

我们一起在天空中运行
彼此都抱有温暖的情意
只是我是一颗没有位置的星星
没有位置也许是不屑于位置
我的运行没有可靠的轨迹

找不到位置
整个天空都是属于我的
整个天空笼罩整个大地

1986 年

沉船之后

沉船之后

你消失后
我连一块破碎的甲板都未找到
母亲陡然变成了一株岸上的椰子树
固执地等待你有一天归来
我远行的帆在萦回的泪水中出发
风暴依然残忍地呼啸
吹散了母亲挽着的发髻
吹乱了我漂泊的思绪
然后一切又复归于宁静
听涛声自由高低

母亲真挚地安慰我
我经常真挚地安慰母亲
但我们竟然都不能安慰自己

沉船之后。蓝天的云彩顿然变色
无形蜷伏的风暴吹拂我耿耿的灵魂
但既然我承受了你的沉没

就不再有更大的悲剧
既然我蒙受过大海带来的灾难
就不会屈服于一切打击
虽然我曾经因为失去你而流泪
大海还将告诉你我爱得深沉
以及你在我身上所遗传的魂魄

子夜读信

点亮了一盏孤独的灯
在母亲的来信中成为畅饮泪水的游鱼
泪水很苦
将沉船时一盏摇晃的桅灯塞进封存的记忆
流浪的风从窗前走过
我感受到岁月的凄凉
幻想母亲踏着夜的影子而来
坐在我的面前和我一起啜泣

在漫长静寂的夜里
我其实也是一盏孤独的灯
招摇无尽的思念
读你的信。读你的爱
读你的倾诉。读你的叮嘱
读你的期望。读你的安慰
读你愿我多多保重而无法保重自己
读你在沉船风暴间的艰难呼吸

读你新生白发上写满的苍凉诗句

子夜读信。读你写的歪斜的一切
一盏孤灯一直读到天边泛滥明亮的晨曦

归　来

你坐在没有阳光的门口
背后是空洞的幻象
黑色的花朵大把绽开
只有石头粗糙地伴随
冬天保持油绿的橘树缺少果子
你小凳前的台阶无奈地摇抖

当你看见我回家
陡然站起来
吹拂我的仆仆风尘
轻轻说一句
还以为你不回来了呢
杂树在风的舞蹈中撑开满园欣喜

孤单是痛苦的
一阵阳光掠过土地
你的欢乐恰似和风拂煦的三月

寄　语

可爱的妹妹：记得我每次回家
你总牵着我的手走向那一片温柔辽阔的海滩
蹦跳着跟我说我们看海去
还有一次当我背回了一把吉他
你胡乱地拨弄琴弦。小小的手指下
浮现海滩上一串串欢快的足迹

沉船之后。黑色的云墙包围在我们四周
可爱的妹妹：在你明亮的瞳仁中
是否也夹带了几片黑色的云霓

即使我是一个爱海的少年
后来还是丢掉了那把吉他
免得弹奏时沉淀于无限的忧思
海上的雪浪总会开始高涨
但愿你我的灵魂已经筑好坚实的防浪堤

亲爱的妹妹。当我下一次回家
我们还要一起牵着手走向海滩
不要因为那片海埋葬了一只船就心生恐惧
请你继续邀请我
我们看海去……再次跨过高山
……让我们看海去

七月正午：一个海洋之梦

我手中的瓷碗一直仰望天空
大海的血滴跌落夏日的正午
沉重的手掌。散架的骨骼
挤压着我幼小的灵魂

因初航而被抛入七月的汪洋
耕耘的白帆在海浪中颠簸
我的皮肤一层层剥落
流火在身上燃烧
七月的海洋是一座空城
方舟驶入敲响丧钟的陷阱

我晕倒在滚烫的正午
海风唱着悲凉的歌谣
我昏倒在幽兰般反射的光芒中
坠落的阴影破碎成一片片恶毒的花瓣
甲板成为我最后的目的地
白帆将是我移动的墓碑

后来。在我的梦中

桅杆居然缓慢地绽放芽叶
树叶从小变大
漫天盛开一把碧绿的巨伞
在伞旋转的星空里，露珠晶莹剔透
硕大的一颗一颗向干渴的嘴唇滑落

巨大的树招来了满天的海凤凰
在树荫里锵锵和鸣
海上翻滚浪花的酒杯
渗出银白色的泡沫
流浪的甲板应和浪潮的旋律
干裂的皮肤开始愈合
我神奇般地清醒并复活
古铜色的胸膛袒露着搏击者的伟岸和辽阔

我伸出手臂呼喊大海
涅槃的水手和海浪紧紧地拥抱我
我年轻的出行塑化我的形象
菩提树拴住的风筝放飞天空的思念
七月正午第一次出海的水手
在梦中经历轮回
大海的宣言里早已写下我的前世和今生

远　方

我的脚板因你的摩擦而变薄
每一只脚印如山涧死去的秋叶
眼睫毛上沾满梦乡的晨露

有一支歌该怎样唱

有一支歌该怎样唱
才能从你的心抵达我的心
迷乱的记忆外
是一方热乎乎的阳光

失去永远是痛苦的
虽然你还没有真正懂得
大雁的翅膀在追念里浮动
青青的竹林正在萌芽笋尖
但愿那一支歌
能给你带来欢乐

当你能够欢歌
我的心才会有轻松的合唱

离别写意

我离你远行的时刻
天色很暗
一只燕子从云的夹缝中
艰难地爬出来

你说天要下雨了
等一会儿再走吧

但我已经不能待将下去

当我信步从你的忧伤中跨出
看那云便在我的面前
大片大片地退却

故事：赠CH

打碎了的玻璃质的花瓶
有一朵鲜花逐渐枯萎
水被太阳晒干
地上跳动不会融化的水晶

你洁白的小手颤抖不停
想把它们一颗颗拾起
阳光下五彩的玻璃子
却放不进你温暖的掌心

我想诉说曾经美好的往事
吸引你痛苦的注意力
但你无法禁止悲哀的抽泣
春天的船尖挂满了冰凌

泪珠掉在地上
也化作了一颗颗温柔的眼睛

想起古罗马斗技场

想起古罗马斗技场
先生或贵妇发疯地嚎叫
凶猛的角斗士与镶金的看台虎视眈眈

诗人好不容易买到一张参观的门票
他坐在冰冷的座位上,仿佛看古老的斗技
看猩红的血珠四处飞散
庞大的斗技场上,生神与死神
被幕后指使着掰痛了手腕

陡悟千百年来,大地
也是一个无形无边的斗技场
诗人的双眼在不觉中充满了泪水

冰　雕

那一天我走过美丽的冰城
冰城是一座集合冰雕的城堡
雕梁画栋。风声云影
我寻找着冰凌开放的花朵
鲜活的生命寄托雕塑者的灵魂

我相信冰层下的鱼群等待春风的热爱
所有遨游的心都因此而倍感温暖
冰雕的芳香渲染北方坚硬的触角
恋歌漂浮在永不封冻的海上
目光神奇地传送太阳的光线

那一天我打冰城走过
走在寻找春天的路上
我知道有一天冰雕都会消融
最后的禁锢将在风中瓦解
明晃晃的冰块在北回归线上堆积
闪动的形体只是虚无的外壳
思念的种子镶嵌在泥土里
伟大的情感却被永恒引渡

或许我看见的是一座奇妙的城堡
我的目光纯净透明
看见春天坐在城堡中童话般闪耀

冬日印象

在冬天冬得很深的日子
土地上站满一只只青铁色的鹰
风疯狂地扑打它们的衣角
它们却默默地等待着圣诞老人洁白的故事

冬天的人们入了魔似的
在鹰的翅膀下穿来穿去
寻找风的流向
行星的轨迹模糊变幻
白梅花浮动的暗香
首先将人们的眼睛引向春天

创 伤

河两岸有许多风景
而桥被洪水冲断了

七月的洪水很大
浪花的碎片砸得你头痛
你的手触摸不着两岸
心也不能找到一只方舟

命运在你的耳边说：
在洪流中学会漂泊吧
漂泊——不需要家园
也从不计较什么归宿

一颗星星的头颅
就这样在水波中上下浮动

花　灯

铿锵的锣鼓。黑魆魆的人群
河流蜿蜒通红的投影
初春。贫寒的风从田野吹来
花灯开放乡村盛大的节日
隐约的鱼龙以及莲花稻穗
悬浮在童年的空中
照见我挂着鼻涕沾满泥土的笑脸

今夜繁华热闹的秦淮河边
交通管制下的旅客从四方涌来
我淹没在疯狂的人海中
仰头观看熟悉的灯影
花灯依然照见每一个穿行于混沌世界的人
照见我薄薄的欢乐
也照见我的泪水

热闹多姿的花灯。从故乡到金陵
照见一个孩子前行的道路
照见我颠颠地跟在提着小汽灯的父亲身后

快乐地赶赴田埂那边的集会
只是今夜我在秦淮河边抬头
仿佛在空中寻找父亲已经升空的脸

放风筝心语

不会有人知道我是谁家的孩子

不会知道我在哪一条巷口

有意或无意地在二月的早春

放飞一窗关闭不住的梦

风筝像一只展翅的鸟

在天空中自由漫步

捕捉着春风和温暖

高空的白云是一朵朵花

风筝就像勤劳采撷的蜜蜂

在二月的原野上肯定无数孩子聚集着

在料峭的寒流中满脸通红

而这个沉睡的城市还缩在围巾和手套里

倾听平安准确的时钟

所以我要跨出门去

用心的飞翔来呼喊春风

我的孤单的风筝呵

悬浮着摇摆着

在这片冰冷的上空

开始为都市的春天播种

黄桷树

站着是与流水相叛的格言
枝叶搅碎洁白的云絮
你倚着那道石壁
太阳不能直接窥视你

你思念远方的脚步声
叶子绿了又发黄
金币叩响寂寞的窗棂
眼睛追逐流浪的云

手臂挽不住河流呵
你听不见自己泪落的声音

放蜂者之歌

我们从春天的手掌上放飞蜜蜂
放飞和煦的阳光。大地正是缤纷的季节
所有的花朵都在毫无顾忌地开放

我们扛着沉重的蜂箱
跨越河流和山岗。追觅春天的芬芳
自由的信使寻找着梦的故乡

从早晨出发。然后在黄昏带回嗡嗡的喧响
归来的潮汐停泊在松软的沙滩上
劳动者所酿出的甜蜜溢满了整个三月
溢满了大地辽阔的胸膛

我们是放蜂者
我们勤劳
我们和蜜蜂一样

骆驼哀歌

从一片沙丘向另一片沙丘
你驮着我穿越风沙弥漫的空间
阔大的脚步。坚强的骨骼
让我在大山的凹部宁静地遐想
想象葱翠的绿洲离我们并不遥远

在生死之神的相互角斗中
海市时常变幻
当最后虚无的波光消散
你轰然崩倒在风沙中
波伏的沙丘变成了巨大的坟茔
我却无力把你拉出死亡的界限

你趴在那儿看西沉的夕阳
转过头来又用流泪的眼睛望我
留恋的眼神里翻腾着祝福和慨叹
如同向我说：你该勇敢地走下去
今后的道路将剩下你孑然孤单

忠实的伙伴啊……死神正在向你逼近

也逼近我的灵魂与家园

我的心中满是伤痕和眷恋

我抚摸着你衰老的身躯

无声的悲伤像沙漠一样无际无边

即使这沙丘变成黄金我也毫不足惜

我真想和你终生为伴

直到集聚的风沙将你我同埋在它的怀间

南　风

听南风在喧哗

为每一片冻裂的土地浇注几缕清冽的甘泉
为每一颗哀伤破碎的心
传递无声的安慰

看苍白的太阳开始潮红地流向每个角落
看牧鸭女子的竹鞭在破冰的河流里
溅起洁白的水花
看我的泪珠已被爱神彻底吻干

抓一把闻闻
……好滋润好清香

湖滨：速写的女孩

湖滨。在白色雾的婆娑中
有一个画速写的女孩
一块空白的画板等待主题
树木开始移植
温柔的湖泊晃动
你把自己画成一朵没有启开嘴唇的花
你不曾画你深沉而灵秀的眼睛

我在你的背后看你
但我未能走进你的画里
如同一句沉默的歌言
埋藏在相思的春天

看着你的画笔再绘一片秀色
我仿佛觉得遗落了些什么
……风景

小城故事

读你须透过五月细雨织成的帘子
你静静的。静静的
如南方一个秀美的女儿
望新柳妆点我旅者的思绪
望相思的湖泊以涟漪拍打心堤
但你所有的窗子都开启着
向我热烈地絮语

南方的日子的确是多雨的日子
即使太阳在雨后莞尔
你也沉默于雨丝的思念
听几只轻盈的燕子呢喃
每一片阳台都缀满季节的贺词
每一颗心都在柔绵的风中呼吸

看放学后的孩子顶着细雨回家
如一只只欢乐的蜜蜂

神 祭

我惊讶地看见一个白发的老者
跪于甲板。土地在摇动
他的面前放着一条木凳
木凳上是两只白色的瓷碗
碗中是刚刚舀起的浑黄河水
他的手中握着一炷清香
飘向天空的是袅袅蓝烟

遥远传说中的恶兽
常常咆哮着淹没葡萄园
天狗衔走星星
水成为被驱赶的奴隶
苦难的治水者曾经那样简单地祭拜
瓷碗中的流水浇灌大地盛开的斑斓

也许只有这样古老的祭奠
才使得江河舒缓岸阔帆悬
在那天地交融的美好瞬间
虔诚的河流啊
为我们带来了无垠的祝福和平安

白鸽子之死

在枝顶跐起一只脚摇摆
羽毛如被风梳理的几片树叶
眼睛交替日月的两瓣天空
星星装饰的杯盏不断溢出酒液

草丛熬红了躲在暗处的枪口
扳机扣响。一声扑簌
没有警觉的坠落是否是一种悲哀呢
庆祝的欢呼夹杂着罪恶

白鸽子的梦还没有做完
白鸽子梦的另一半像箭一样飞去

宫 墙

紫红色的漆已经斑驳
墙外的柳树轻松地将枝叶伸进墙里
快乐的鸟儿在刻意地穿织

一扇大门从墙的中间洞开
站在墙角
我留下了一个弱小的身影

但宫墙。我不再是顶礼膜拜抱笏候旨的臣民
我是一个花六毛钱门票
就可以自由出入的
……人民中的一位公民

华　表

你矗立在长安街头喧嚣的人流中
收揽人群放飞的目光
九龙攀缘。勾勒一个民族腾飞的渴望
扎根于厚实大地。头顶茫茫苍穹
一棵大树撑开了一片自由的向往

长城剥落的砖片记载沙场的悲壮
圆明园熊熊的烈火掩映断柱残垣的凄凉
风雨斑驳抽打神奇沧桑的土地
黄河记录五千年曲折的奔流
古铜色的桅杆飘摇劳动者的汗水和歌唱

和你呼应。纪念碑竖立在广场中央
荆棘丛中的花朵寻找春天的方向
太阳的光芒开辟崭新的道路
虽然总有阴影投射产生的迷茫
但伟大的支柱不曾倾斜和断折
天平两侧平衡历史和未来的重量

你矗立在长安街头喧嚣的人流中

改革开放的脚步声在大道上踏响
巨轮昂扬的汽笛宣示勇敢的远航
汉白玉雕刻的春天向天空开放
你坚硬的肩膀托举起东方初升的太阳

天安门广场夜观纪念碑

当夕阳潇洒作别
温馨的夜晚悄然来临
华灯次第开放
四方的人群络绎而来
如血液汇流入大地的心脏

人民在劳作后返回家园
英雄手握钢枪在八方执勤
纪念碑在玫瑰色的光辉里
安然矗立

在我的四周。地铁站
行人的面孔盛开一张张光洁的花瓣
华表站在日夜交替的边沿
公交车偶尔按响喇叭
四周的塔吊和脚手架张开钢铁的翅翼
而远方。江河在原野奔腾
大海激越地翻动银灰色的波浪

我环绕着纪念碑行走

仔细辨认碑铭的内涵和雕塑的形状
又不时抬起头来真诚地仰望

夜空如此安逸
星星陆续蹦跳出新的光亮
记得来时你曾经嘱咐我
要及时分享初次进京的感想
好吧。稍晚待我回到宿舍
马上就给你写信
……在这个夏日的晚上
我刚刚在天安门广场纪念碑旁纳凉

潮 音

将自己最有力的触角伸向天空
独自探询历史沉重的苦难
一只蝴蝶标本在橱窗内僵硬
已无法飞翔在浩荡的春风里

偶尔停下来才察觉到窗外的风雨
而风雨阻隔了客人的到来
屋檐下有雨滴跌落的回声
石屋成了波浪中的一叶独舟
只有船桨还在自己的手中
岁月的封底有一只只断桅的船只

我在黑漆的夜中不肯睡去
总是渴望着标本能够自由地飞翔
无情的风雨后窗子里一片幽暗
清风哗啦啦地翻阅书卷
却被我误以为是大海的潮音

四轮车：赠史铁生

寂寞的门关不住一颗心
两只电瓶整装成的四轮车
驮着你远远地奔跑
两颊流过一阵阵欢乐的风

你的眼睛探询树枝上的讯息
大地上人们的语言和表情
开始爬满发白的稿纸

门的寂寞还将在冬天封闭
你的四轮车已在初春中徜徉
黑漆的夜有红烛动人的光晕
黎明的门环上
插着不知谁新采的蜡梅花枝

雪房子

在冬天的旷野
建造好一座雪房子
十根手指冻成了十根胡萝卜
插在房子周围
如午夜的蜡烛
白桦树咬着牙齿
我把所有的梦都关进雪房子
让它们温暖地避居
等待阳光
等待着春天的使者
把它们一一发现

面对一座古堡

我面对的一座古堡站立在扬子江侧
在黑鹰的翅膀下颤动
灰尘落满。水鸟
在威严的窗台上起降
蜘蛛网爬满罪恶的殿堂
那里灯影恍惚像黑暗中行走的幽灵
夸父早已死在路上
被太阳烤干的身躯
化作一根根燃烧的柴火

黑洞洞的门张着大口
吞噬光阴的余灰
曾经的皮靴和文明之棍踏戳大地的边缘
扬子江涌来新鲜的涛声
年轻的江水围绕陈旧的躯体
此时开放的港口停满巨轮
吃水线上的水痕
在古堡的墙壁上刻上了洪流的印记

我习惯从新建的护岸大楼里观看

秋天的寒意不断袭扰
古堡在我的意念中老态龙钟
像一口旧钟来回摆动
它的存在或许只是一种暗示
或许只是一种错误的纪念
墙壁的血迹诉说巨兽翻滚的困境

在我的大楼和古堡之间
是人声鼎沸的江滨大马路
是通向三号码头的必经之途
有无轨电车。有邮政书报亭
有通往大江上游或下游的名利过客
有一声声启航或靠岸的汽笛
而在时代抛落的一声声汽笛中
我依稀看见一座古堡
不断地风化和坍塌

驼 铃

谁能撬开日月交替中一片沙丘的皮壳
一望无际的死亡之海
翻不动一缕波澜

你恍然听到了一串串清脆的驼铃
一队沙漠之舟在沙海上航行
那驼铃摇动的是一块块绿荫
是绿荫上滚落的一颗颗水滴

天空之门

你的天空之门发出耀眼的辉光
门楣上披挂着绶带和花环
我们是一群青春的飞鸟
无数次勇敢地飞向你

阳光灿烂的日子里
我们不知你金色的射线
原本隐藏的是风雨的铰剪
在我飞向你的时候
我和无数飞鸟一样被剪短了翅膀
最后不能高飞
最后重重地摔落在了幽暗的山谷

我在山谷中匍匐
鲜红的血沾满了草叶
我舔着自己的伤口
在岩石上磨砺坚硬的翅膀

爱是布满花纹的谎言
我并不知道被剪掉的羽翼能否复原

天空之门依然敞开
我一次次把你仰望
我一次次咕咕地叫唤着
又一次次踮脚
一次次顽强地向天空试飞

南方的雨季

南方的雨季缠缠绵绵
在六月。很少有人带伞
人们渴望阳光的时候
不怕被突来的雨水淋湿

叮叮当当的雨落满城市
广场上的雕塑也体验着雨季的绵柔
初晴的梧桐树叶变得清亮

你拎着浅红裙子的一角
咯咯笑着
欢快地跳过了一片积水

雨　燕

真的没想到你会来得这么早
来到栩栩如生的我的身边
我寂寥的日子因你变得格外蓬勃

没想到你会来得这么早
你在南方的天空斜翅滑行
剪裁一片田野和村庄
我在青春的村庄中居住
倾听你勤劳细碎的鸣叫
青竹林在屋后集合
门前的苦楝树在岩石上艰难生根
但澎湃的永远是那蔚蓝的海洋
我把装满贝壳的陶罐摔在地上
一个远行者就要告别眷恋的目光

我真的没有想到你来得这么早
来到三月春天的村庄
我是你即将打开的天空
我的天空是一片迷炫的光芒

夜歌五首

1

风开始弥漫。在温柔的夜
南瓜花垂下金黄的头颅
而我踏着风中摇动的树影
去寻找一只在草丛唱歌的蝈蝈
太美了。村头的溪水哗哗流逝
将月光反射向每一个角落
我在村口被它的光辉迷惑
轻快的脚步又开始追赶溪流
优美的乡村是我心仪的居所
泥土芬芳。萤火虫闪烁
邻居的果园没有睡去
一颗颗青涩的橘子吸吮夜的甘露

2

再也不会有那样的时辰了
在撒满幸福的时光
你却不辞而别

将我遗忘在山坳
一盏风中飘忽的煤油灯
摇曳昏黄无力的光芒
在贴满剪纸的窗下叙述忧伤
我的恋歌在三色堇的根部
在丘陵油菜花起伏的波浪里
回忆封闭了温暖的嘴唇
我还要在偏僻的乡村里生活
善良的老者不时地劝慰着我
也许黎明一切都会好起来
太阳像一只突飞的气球
被风吹进我的愁怀

3

又是雨又是夜又是雨夜
四月的天空在一片淋漓中呼吸
我听不见蟋蟀用心的歌唱
屋后的青竹林保持静默
月月红的鞭炮无法在风中炸响
只有村口的大樟树
终于不再保持威严和沉默
像一个被命运摧残的伟人
躲进雷声里放声大哭
我就在梦境间走着
一带青石板路变得冰冷光滑

雀鸟忽地从林间飞过
雨中响起了你悠远的足音

4

穿过弯曲阻挡的水沟
顺着光明的小径走向山野
我想念山谷中和你同行的日子
那时离收获的秋天还很遥远
野果正泛着清酸
面前的山峰像凝固的波涛
瓜地里的西瓜熟透了
田角时常窜出贪吃的老鼠
管瓜的老汉鼾声如雷
我说：你蹲在这里别动
让我去地里抱一只西瓜出来
我猫着腰屏住呼吸
穿越了老汉的鼾声和他机警的视线

5

我并不了解快乐的真正含义
就像被风追赶的树梢辨不清方向
有时我会坐在煤油灯下
望着窗外微风里的树影
那些破落的花瓣死去的枯叶

一些被浪花咬碎的溪岸
不会记得我曾经付出的代价
远海彻底将岛屿囚禁
一只解放的小船
在波浪中轻轻飘回
死去的水手爬上岸来纷纷投胎
回到了他们久违的家乡

歌手之旅

夜的序幕拉开
舞台演绎斑斓
乡村道路布满牛车的辙印
城市大街听取梧桐树的鼓掌
是谁在怀念星辰呢
群山起伏篝火满眼
传说在水波中划出优美的弧线
空地上的树林挺拔
乌云是观众压阵的仪仗
木桥横卧在河上
石头的赞美在梦中开花
湖滨的黑天鹅不停舞蹈
蝌蚪咬噬水手的脚印
小鱼的眼睛又白又圆
记忆中的曲调
在挥手的风中飘扬

葡萄园情歌

告诉一个人

我的马儿踩着厚厚的落叶行走
清脆的声音在林中发出喧响
枝头上有无数只未名的鸟儿在唱歌
是欢迎一位苦苦追觅的旅人吗
我打着唿哨作亲昵的召唤
可它们却害怕地扑棱棱飞走了
太阳是一枚最大最成熟的葡萄
红彤彤地生长在竹片制成的葡萄架上
我想把它摘下来。马蹄跃跃
只是白费了许多力气
地上斑驳的影子很美丽
也许我走进了一个童话的国度
细细的河流弯弯曲曲地流去
分散于葡萄架下的花朵是迷人的繁星

无声的风景默默地交织着图画
轻快的律吕挑逗着相思
要是有一个白雪公主就好了
她可以坐在马背上。扶住我的肩

这是我在梦中梦过的
梦中我驱动着我的马儿追逐她
大汗淋漓始终未能追上
可每次总被她的莞尔回眸
搞得不知道地球的东南西北
可我还是呢喃一个人的名字
相思就相思在葡萄园里
温暖的河水流进了我的季节
枝与叶在风中自由地婆娑
我听到了世界上最精美的话题
根与根在地下盘绕
共同抗击着暴风和骤雨

我的马儿踩着厚厚的落叶
清脆的足音在林中自由喧响……

回答一个人

清纯的河从树林里流来
抛一根轻盈的飘带
然后再消失于沉默的树林
我的马儿在啜饮河水
并慢慢地驮我向长满青草的对岸走去
我很快乐也很自由
时常折一根枝条当作马鞭
满园绿荫是赐给我的爱情

所以我通过栀子花的嘴唇倾心歌唱
阳光的色彩被树枝切割
清冽的风确凿地唤醒我的记忆
我曾在岁月的河岸呼唤
隐约的相思渐渐在折磨中憔悴
但我的心没有枯萎的皱纹
坐在葡萄架下闲听葡萄的絮语
年复一年。只要太阳不会销匿
我的爱便如一只雏鸟逐渐丰满
凌乱的记忆组不成偶像
相信我不会在膜拜中死去
可我还是默默地寻找着一条道路
追随着河流的远逝去寻找归宿
要哭就在葡萄园里勇敢地哭
要唱就在葡萄园里大胆地唱
葡萄园内长满无数双真挚的眼睛
似在教诲也在鼓励
我的呼唤穿透了长长的葡萄林
嘹亮的声音也将成为歌诗
成为大地纷纷飘扬的花朵
只要有一天我们能够相逢
你就知道我的爱是何等的深沉

倾听一个人

我穿过前世和今生的山川才最终抵达

当我用手指叩动你的门环
或许你的园子没有丝毫回响
春天的鸟栖息于生长绿色的树枝
红杏从高墙上探出美丽的眼睛
在我寂静的灵魂里总有一支歌唱给你
青春的面庞时时泛出羞怯的红晕
夏风吹起蔚蓝的波涛
蟋蟀的鸣音惊退了上爬的晚潮
在每个夜晚。我看见月亮高傲地奔跑
田野或海滩上闪亮一只只跌宕的萤火虫
我想抓住月亮这一个天上的歌手
而空空的寂寥滴落于苍茫的海中
是时候了。树叶波涛的影子覆盖了我的歌唱
累累的枝头弯垂夜晚的泪痕
如果你清亮的光芒再次飞临
那么葡萄园就是一只变得十分温柔的小兽
安静地卧伏在海滨的山野

起舞吧。早晨最先被阳光唤醒的风穿过指缝
当果树围拢一个翡翠的海洋
我仿佛就是被波浪围绕的岛屿
而岛屿是一只尚未解缆的船
我的手臂是裸露在日光下的桅杆
葡萄的光芒正在太阳的抚慰里璀璨
就让我穿过这波涛穿过林间的道路
寻觅你带给我的礼物

而你被浓密的葡萄林挡住的脸庞
隐约一只贝壳张开的嘴唇
我倾听一根青青的树枝
唧唧地爬满迷烁的花瓣

伞的故事

南方的日子是多雨的
说不定突然来一阵子
将我们全部淋湿
还是带把伞好些

都没有理会我

我很痛苦。因为年少
孤独地在背包里装一把黑色的伞

南方的日子果真是多雨的
刚才的晴朗顿然消失
大雨倾盆而下

同行者中只有我一个人打伞
……我很……惭愧
只得把伞传递给你们
你们又都不要
最后我将伞扔在地上
与你们一道冲向风雨里

终于你们说我也是你们的一个
好兄弟

南方的雨水仿如泪水
我便在泪水的洗礼中逐渐长大

孤独的夜晚

有一个孤独的夜晚
你厮守你的影子
窗外的树沉默着走进你的梦里

你想遥寄却遥寄不得
没有阳光的窗户可以传递
灯光始终是昏黄的
伴你的影子轻巧地蠕移
你还能听见它在地面上走动
踏碎一片夜的相思

有一个孤独的夜晚
你狠心地把自己装进硕大的信封
然后用思念封口投递
一切看起来都是美好的
黎明的薄光中有紫燕的鸣啼
在远方。一定有人将收获一片欣喜

海边：寄往日画稿

大海无垠的涛声吞没我
吞没我每一个被自由欺骗的日子
道路在记忆深处向远方延伸
山林的绿叶摇动发亮的水滴

我习惯于长满青苔的角落
幻想能和黎明的贝壳一起醒来
百叶窗下的你还在折叠纸船
渴望放逐去探询大海的谜底

你的眼睛惺忪地张开
看见了自己在海边踯躅的影子

以后的事

以后。以后总有许多事情等着我
去爬山去航海
城市没有宽阔的讲台
只有车间的机器热烈地轰鸣
水彩画中会走下美丽的女子
和我一道在原野舒展歌声
街道繁忙。记忆反复
树叶的影子从天空坠落
我吹着树叶翻过高山大海
如同吹着一片羽翎

五音不全。但会出入音乐大厅
众目睽睽下还唱得起劲
河岸的黄桷树下
谁在学习精致的一吻
将手掌伸给大地看
掌纹奔放预兆开阔的命运

以后。以后会有新鲜的风景
说不定会失恋。躲在屋角哭泣

天边的浮云很少
满眼是欢闹的星星
偶尔会跌倒。但还得赶快爬起来
命运的牙齿咀嚼坚硬的食物
心如鹰隼盘旋于天宇
听一听浩瀚的风声

割草的孩子

一片锯齿形的草叶没长眼睛
割破了稚嫩的手指
血从伤口冒出来
冒出一支抗议的队伍
你慌了。用草叶把它们擦去
不小心那草叶又划出了一条道路
两支歌一高一低一起一伏
在纷繁的草地上旋舞

你再也没有擦去血迹
只听血在体内哗哗地奔突
干渴的封闭走向风
殷红的语言透过迷雾
蚂蚁群在指尖上爬着咬着
小桥与流水在计算未知数

就这样一个海洋从无到有
就这样一朵喇叭花在荆棘中大胆绽吐

长江漂流队经过南京的日子

1

江水进入南京段已经十分平缓
而我们的呼吸却变得很陡很陡

漂流队经过南京的日子充满神秘
弥散着感召的力量
八点钟的《南京日报》刊发了这条消息
黄昏的《扬子晚报》还像雪片似的
在市民手中传阅

2

我们是南京港的水手
是真正的水手
有过风暴中站在甲板上狂啸的经历
有过波涛中微笑着纹丝不动的经历
陆续从潮湿的船舱里爬出来
工装上沾满油污和水渍

站在舷边漫无目的地瞭望
或者抽着闷闷的卷烟

……漂流是一脚踏进坟墓的行动
最高的水位落差二十多米
前几日橡皮船从高处落下来撞上礁石
幸好只死了两个人

我们这样交谈着
但看不到黑色的橡皮船
只是想象一只带着伤口的橡皮船
还有几支搅动波浪的桨橹
我们也看不到漂流者
却觉得已经清楚地看见了他们
是高大的。勇猛的。英俊的
黝黑有力而且目光炯炯

3

平凡的人们
正在河流上艰难地漂行
漂流队成员中居然还有女人
可惜勇敢的尧茂书死了
穿过虎跳峡却死在了金沙江

他的妻子成为寡妇

那里的江水还在鸣咽地流动

涛声中奔跑着许多长满铁刺的豪猪

我们只是南京港的水手

静静地站在向晚的天空下

张开耳朵谛听从上游而来又向下游而去的桨橹

直到划动的水声彻底消失

直到那条远去的橡皮船变成了一粒小蝌蚪

4

整个下午。我们都不想干活

唠唠叨叨说着许多漂流队的事情

漂流属于自费组织

漂流队出了三峡之后就没有大的危险

漂流者在江岸上啃过带泥的草根

东方红巨轮看到他们

都会鸣笛示意敬礼

如果我们在街上碰到漂流者

每人都会爽快地掏出十块钱来请客

整个下午我们都没有干活

在船上陀螺一样打转

心中总想着自己有机会就去参加漂流
我们其实没有看到漂流船
但知道他们已经穿过了南京段
直到太阳陷落在远山清晰的轮廓中

……以后
以后……也许还有更多的漂流队

秋天故事

我背后松鼠尾巴闪动的一刻
情书已铺满我们旧日的世界
再也找不到那只漂流的纸船
蜡烛只剩下一堆泪水
孤独的空间悬浮失去的三月
湿润的眼睛再一次干枯封冻
等待春浪疯狂的拍打

我就是秋天那个悲哀的孩子
十一月还赤着脚走过冰冷的大地
宽厚的信念竖起杂乱的脚步
落叶为我阻挡谋杀的阴谋
是你牵着我寒冷的手
为我戴上太阳那顶小草帽
麦秸编成的篮子盛满漫天的星群

但在我的背后只有落叶铺遍的情书
我再一次落入凝重的悲哀
狐狸似的火焰在山野里大把燃烧
却永远也融不开那一次久久的封冻

沙百灵之歌

在城市。我看见过你的同族
在琳琅的色彩中哼起靡靡之音
或者在灯红酒绿里掩埋了自己往昔的心声
但你却不能。你的双眼环视茫茫沙原
喑哑着古老的相思
在消逝的日子里叛逆地沉吟
纵然残酷的日光烤干了你喉咙里的水分

是一团痉挛痛苦的火燃烧在地球之上
为隐秘的绿洲唤回草野起伏的生命
是一个被无情放逐的热情歌手
在流浪的一角寻觅点滴希望的火星
金属叮当的声音。花草拔节的声音
泉水嘀嗒的声音。树根峥嵘的声音
一切由失望通向期望的声音
一切由死亡通向复苏的声音
都自你锋利的嘴尖中流出
都自你坚定的眼神里流出
敲打着旷野每一根颤栗的神经

不曾学会沉默

以血的颜色证明你对土地的赤诚

弥漫的风沙阻塞你自由的呼吸

发黑的双眼因疲渴而昏晕

你的声音如梭梭柴般粗糙

丰满而美丽的羽毛被一根根拔去

只有远方的驼铃追寻你隐约的回声

为涉过千万种苦难。你在飞舞

为获得永恒的幸福。你在歌唱

你在红柳与芨芨草的头顶逗留片刻

尔后又展翅飞翔啼鸣

你是想把声带彻底唱破

你是想把青春的火炬化为随风挥扬的灰烬

仅仅期待一片土地的复活

为了虽迟仍将归来的新春

在城市。看见过你的同族

在琳琅的色彩之中哼起靡靡之音

或者在红灯绿酒里掩埋了自己往昔的心声

但你却不能……这

……绝不是由于命运

是由于选择

是由于献身的精神

士兵与少女树

在我最孤独的时候
我总爱静下来画你
把你画在我的诗稿上
把你画在猫耳洞的墙壁里
即使没有画板没有颜料
你还是黑黑的披肩发。长长的睫毛
会说话的眼睛。樱桃核的嘴唇
将来你不会成为莫高窟里的飞天女
你是一棵生长在我心中的少女树
一棵美丽的树。芬芳的树。自由的树
高尚且动人的树呵

我从来不曾掩饰自己的柔情
在残酷的战争中
我总不自觉地想象你画你
我知道如果在城市
我一定能挽住你的柔臂走进霓虹的风
即便是乡村，我也会站在老槐树下学几声蛐蛐叫
等待你轻盈的步履

但现在我只能画你
只能一百次一千次地画你
而且始终画不像你
有时觉得你很遥远。在天涯海角
有时却又觉得你很亲近
在我的心坎上在我的梦呓里

少女树的叶子总在我的思念中婆娑
少女树的枝条总在我的画板里摇动
少女树。一棵神秘的树

竹　笛

军帽落满地雷爆炸的尘土
球鞋已张开了吃草的大口
黄昏的凤凰木站在远山的瞳仁里
燃烧着大把大把火炬

在战火的空隙斜靠着南方的山坡
如展示一幅油画中朴素的主题
你在上衣口袋里摸出一支竹笛
它截自老屋后的青竹林
曾陪伴你在故乡放飞谣曲

轻轻地摸着笛管
抚摸青山中流淌的一条小溪
你将嘴唇对着管口
手指尝试着轻快地按放
没有吹动。瞬间停顿下来
你忽然警觉地意识到这是前线
虽然南方和故乡的山野
同样地翠绿

恰好风中
传来一阵阵清脆的鸽哨
悠扬地回荡在半空
仿佛代替你的笛子
叙述怀乡的情思

归来之恋

你把一条腿扔给战争之后归来
你把十九岁漂亮的脸蛋送给战争之后归来
你不是以幻想妆饰每一个日子
你拄着拐杖寻找命运的支点
你想男人不应该流泪

有人没有认出是你
有人确实也认不出你
有人即便认出也不敢相信是你
无数个晨昏被潮水退远。你喑哑着
再也不能把头颅挺得高高的
如在战争中面对生死风云的变幻

终于你呼唤着一个熟悉的名字

那人转过头来望你
那人抬起双手缓缓地走向你
那人认出了是你
那人呼喊着你的名字扑向你怀里

那人没有后悔的哭声
过了许久。她抬起头来说:
你不好走我以后扶你走
你的脸颊盛开一朵灿烂的花

干枯的泉眼重新喷涌
淹没了青春的脸庞

西行的驼队

西行的驼队。我已经看不见你
看不见你。你却留下叮咚的铃声
晃动在我的梦里
咯血的苍鹰怎能不使我怀想
怀想那失去的日子
在远行者心上展现辉煌的足迹

西行的驼队。我曾经为你唱过一支战歌
在你经过我面前的时候
我像婴儿一样动人地蜷曲
轻松的眼睛凝望落日
像凝望一个千古浮沉的谜
我举起谜。举起一盏灯
举起浑圆的落日
环顾自己而又不敢走过自己
自然的力量使我颤栗不已

西行的驼队。现在我怎能不怀想
一次错误。一次胆怯甚至逃避
使我离开你

如水手离开了船只

草叶在风中枯黄。蜜蜂失去了娇艳的花卉

我只有在长夜中叹息

只有在长夜中等待黎明

等待黎明再一次为我燃烧一把新生的火炬

纪念碑

在所有的人都忙碌的时候
你坐在那里哭泣
哭泣遗忘

许多死去的灵魂
伸出手指叩击土地
云朵消散的日子
听不到自由的回声

当我还是个少年
虔诚地走过你的身边
不敢注视你的文字及身躯
有一种声音缓缓压迫
我的双耳开始了轰鸣

孩子，与我为伍吧
我听着你铿锵的语言
花岗石炸开缤纷的火光

南方：我歌唱你一座新建的桥

岁月和爱曾经靠几只摆渡船摆渡着
吱吱的是缓慢的摇橹声
在八月的洪水季节
人与人只能站在两岸憔悴

现在搅拌机的声响砸碎了宁静
钢铁浇铸大地起伏的情思
对接的预制板如热恋中少男少女之唇
恨不得立刻凑到一块去
岁月的河狂涌。那几只昔日的摆渡船
嫉妒地靠在岸边直瞪眼睛

于是我看见南方的一角喧嚣起来
无数红绸和鲜花抛向新建的桥
为每一个精灵的放飞
为每一条道路的自由
于是我看见南方的整片土地骚动起来
河流的律吕弯曲而美妙
两岸的水杉树张开了臂膀
人群开始在桥上漫步

少男少女依偎在栏杆上
俯视水中美好的投影

河终于在远方高举太阳的金樽
与桥干杯
向桥致敬

南方：我歌唱你一座新建的桥

以我的诗歌
以我的灵魂

我愿你的每一角土地都新建穿越岁月沟壑的桥梁

海螺之寄

大海永无休止地涌动埋葬生命的旋形波纹
现在波纹的缩影凝聚在一只小小的海螺上
笨拙的吹奏者尝试着发出声响
并非为了炫耀。只是吹奏在海中死去渔夫的心声
……他们被埋葬时几乎都来不及留下任何遗言

拾贝者小语

既然涛声淹没了许多秘密
从一个个海葵的惊梦里
波浪摇晃着密集的旌旗
既然故事已变得遥远
油黄色的海滩折叠一片片遗落的记忆
我寻找大海宫殿里出走的公主
痉挛的纹痕刻录朝阳的色彩
斑斓的流苏记载着漂泊的履历

纵然无法懂得大海暴躁的脾性
海鸥还在天空自由啼鸣
纵然桅杆断折于一次飓风
信仰依然水淋淋地支撑爱的宇宙
火焰的潮汐拍打冷漠的沙滩
深沉的呐喊矫健地游弋于水域

我沿着日夜恍惚的小径
开拓时光弯曲的隧道
在一方温柔的手掌上
打开岁月无情的阻隔和禁闭

辽阔的海岸传递我的消息
狂风总会停顿。那些被岁月抛却的相思
在一个陌生的捡拾者手中
倾诉爱的真谛

北方的九月菊

1

北方九月。在黑色的冻土地边缘
被夏天热情熏陶的日子
终于如醉如痴地开出一朵朵火焰
那金黄金黄的色泽漫山遍野
秋风中隐约传来阵阵浓重的芳香

小小的庭园虚掩着时光之门
纸剪的窗花飘舞着往昔的情结
太阳青铜钟般悬挂于北方上空
催发花蕊。递送祝福
成片的白桦林自由婆娑
大雁正在头顶上寻找风儿南去的流向

我终于看见你。一个北方少女
撞出庭院之门。在黄昏
如一只欢乐的蜻蜓飞向神秘的幽会之地
白发苍苍的老祖母坐在小木凳上缝补衣裳
推推老花镜。视而不见

心中嘀咕着年轻的热情和疯狂

2

就像一棵树告别盆景移植向广袤的原野
就像一只脱笼之鸟欢快地飞翔
你疾步。大片风景在前面剪辑
浮云跟随你的影子轻盈地流浪
北方的九月菊摆脱了纷繁的缠绕
将叶子绽开成喧哗的赞美
黑色土在梦幻中燃烧
青紫色的尘烟在黄昏里吱吱作响

北方高高的穹庐之下
黄昏永远那么悠远安详
白桦树晃动着无数只绿色的眼睛
少女风风火火的红衣裙
在风中婀娜飞扬

3

黑土地无法拒绝季节潮汐的来临
汹涌的波涛席卷每一个闭塞的角落
迈过三月五月七月后的季节饱满成熟

高粱摇曳。玉米落絮
泉水在山谷流淌。切割的土地
如一叶叶方舟勇敢地冲浪
陈旧的日子吞吐云霞
记忆在盛开的火焰中剥落
黄昏的相思在呼唤里大胆曝光

也许是为了给板结的大地重塑形体
无数樊篱被飞鸟的翅膀撕破
向日葵抬起沉重的头颅
太阳的巨钟撞响晴空的回声
所以。我看见九月菊省略了一切程序
在荒山野岭。在寂寞的沟壑
在北方无法摆脱的秋风里
隆重开放

山野漂浮金黄的云朵。天空盛满金黄的星群
你的脸庞红扑扑地转动在阳光下
胸脯波浪般优美地起伏
大地的心跳更加剧烈
轻盈的脚步因向往而变得愈加匆忙

4

一个额头写满皱纹的邻居老人

斜躺在小小庭院的墙角游丝般呼吸

享用着九月黄昏最后暖融融的阳光

回忆那么粗糙，如他被北方风雪所雕刻的脸部

还有他紧握过犁柄的宽大手掌

北方的九月菊开遍了他模糊的视野

浓郁的芳香撞击他的心扉

他的心也在北部的乡风中来回晃动

时间的波流无法挽留回音

土地却渴望还原他生命的力量

你就这样风风火火飘过他模糊的视野

北方一束移动的金黄的九月菊

将天空即将枯萎的记忆刹那间点亮

5

也许是为了一次久别重逢

也许是实现一次崭新纯洁的爱情

在黄昏时分，你欢乐地穿过北方的原野

天空高远蔚蓝。大地金风飒爽

你穿过的时候有一片青春的喧响

脚步梅花鹿般跳跃，嘴角挂着变奏的情歌

眼睛欢动着湖泊的涟漪

土地在你的律动中眩晕

爱像破晓的河流一样奔放

九月。北方的黄昏
我追随你一个少女穿行的背影
写下属于你的幸福
开放在四野的九月菊
因爱神的来临而更加生动金黄

1987 年

雪天之邮：再致 T

我在南方冬日一扇紧闭的窗下
惊喜地看着天空飘洒硕大的雪花

你拥有的北方是否正在下雪呢
是否有觅食的雀鸟在庭院呢喃
呢喃一个向往的春天

伟大的雪填满所有的河流与山野
我在地图上寻找你的地址
国家那么小。距离那么短
当我的手指按住你居住的城市
你一定能在我的指尖上感受火山的心跳

春日遥寄

被风撩开的是痛苦又清高的门帘

沿着桃花滴落相思的小路
我们都在寻觅
即使美丽的青鸟带走涉过的苦难
沼泽地中的水草还将缠住我们的脚踝
属于我们的日子不需要栅栏
我们希望的不是碌碌无为的衰老
而是在大地上用青春汗血共同浇灌花朵
我们都将大笑。或许也会痛哭
而后又默默地抒写着个人的生命史诗
将四月初发的触须延伸向多情的泥土

你会在一本书中认真地寻找我
我会在一支歌里仔细地阅读你
不分彼此。因为我们都很年轻
我们都很美丽

船　夫

看你青铜色的手臂摇动两根木橹
在流水中发出灼热的响声
橹尾有一片片欢乐的浪花
你在河上划行。在流经大地的河流上划行
无暇俯视透明的水波
无暇仰望紫罗兰般开放的太阳
穿过交叠的风霜雨雪，穿过花朵和落叶
陆地古老，在你的身后漂移
如被你划动着的一艘巨船

天空下有你自由的居所
涂满雨水的嘴唇闪亮青草的记忆
深邃的目光开放平阔的山野
巍峨的崖壁倾听悲壮的号子
山林中一群鸟扑棱棱地乱飞

你就爱这样，拒绝平静的日子
忠贞地选择了波浪和风
把黝黑的胸膛交给河流
把不成调的船歌交给云朵

告别了河滩，告别临窗顾盼的女子
在礁石和逆流之间划动
领略生命不朽的永恒

你的橹尾是一片片洁白的浪花啊
翻动着搏击者倔强的光辉

雪后初霁

放下日渐发霉的古书
穿过山野厚重的积雪
陌上盖满农人泥泞的脚印

初霁。被白雪覆盖的心情
如竹笋穿透沉重的泥土
山林中传来丝缕爆裂的声音

石屋坐在久违的阳光中
头顶戴上了飘袅的炊烟
窗子破损的玻璃反射摇曳的树影
如一面面反复被雪风揩拭的明镜

屋顶挽留不住的雪块訇然崩落
青石板上炸开白色花的粉尘

红房子酒店

杭州。红房子酒店
在天桥下面
那里的窗户半闭半开

我自天桥上沿着阶梯下来
桥北是轰隆的列车
桥南是无轨电车悄然通过
却有一截截酒歌
温柔地瑷碊

我不知在哪里歇脚
城市的灯火无序变奏
一个异乡人
如迷惘的蜜蜂飞去飞来

想象西子湖白色的浪花
打湿了行客无助的心灵
早春的湖堤隐匿在雾中
零落的柳树
未及吐露鹅黄色的嫩叶

槐树下的婴儿

年轻的母亲在麦地奔忙

五月热情的阳光晒红了她动人的脸庞

麦子一束束都是饱满的

那是大地上沉甸甸的金子

在她的镰刀下飞舞歌唱

但这让你孤独了一些

一根背带将你拴在树干上

满树枝叶摇动

你能否听懂那温柔的声响

年轻的母亲在麦地奔忙

布谷鸟啼鸣丰收的歌谣

她不时用手臂揩拭渗出的汗水

抬头看看天空更加湛蓝更加明朗

远处打麦机的节奏充满和谐

如在高声朗读季节的华章

整片土地都在五月里激动地旋转

她的背影在旋舞中浸染着芬芳

但这使你孤独了些

坐在那株老槐树下

白藕似的小手挖着青草

嘴唇沾满了泥土

树下的青草……是否散发母乳的清香

你年轻的母亲在麦地奔忙

还不时回过头来

细细地把你张望

三月的新娘

在节奏欢快的唢呐声中
三月的新娘
行走在油菜花开满的大地上

原谅我在蠕动的迎亲队伍中
喉咙鼓动气流,眼睛流溢波光
不时回过身来吹奏
并把你动情地眺望
春风不度玉门关。原谅我吧
三月的新娘
唢呐手的天职应该是为你歌唱

经过无数小桥和村庄
穿过无数羡慕赞美打量的目光
不远处有一扇春天的拱门
搭满鲜花和爱情
站在贴着红色对联的新屋门口
正是等待着你年轻英俊的新郎

原谅我,三月的新娘

在一片炸响的鞭炮声中
一个喜欢在大地流浪的唢呐手
不自觉地又一次回转身来眺望
热烈地吹奏祝福和梦想

你红润的脸庞如一轮明媚的太阳
大地上的河流满溢春天幸福的琼浆

丢失的叶笛

那一枚丢失的叶笛永远清新
清新如透明的露珠从我的心头滚过
一把钥匙遗忘在少年的笛声里
肩胛上落下一曲忧伤的恋歌

土地在笛声里旋转
欢乐的声音穿越大地纷繁的河流
田野上的铜版画峥嵘辽阔
山脉横亘等待着我的雕刻

但毕竟我的少年时代逐渐远去
我追忆叶笛吹奏的那份天真和执着
如今站在莽莽的山岗上
眺望滔滔东去的河流
一次又一次怀念你的日出日落

华灯初放

下班的潮声渐远
海裸露出一片辽远的沙滩
我牵起你的手
行走在季节温柔的风里
望城市华灯初放
玫瑰色的爱在梧桐林间呢喃

是日落之后的宁静抚慰灵魂
是片片柔和的旋律流向心田
一只只惺忪的眼睛羡慕着我们
脚印把无声的大街踏成如歌的行板

黄昏。华灯初放之时
一切美好的都是延续的方程
我们牵着手没有说话
望那条长满相思的道路
还很遥远

书　市

看你青春的舟舸

载不完新鲜的游鱼

一根根从手指缝间穿梭而过

落进远古流来的水里

溅起洁白的浪花滴滴

阳光谁也不能垄断

街道的门户

在明亮中拥挤

蜜蜂飞来叮住一朵朵动人的花

用生命和热爱去努力吮吸

无轨电车自身边驶过

梧桐叶不时地坠落

淘书者总是伸头探脑

不时发出慨叹与惊呼

只是云朵在街市上停住

阅读那历史新页之上

精美的题记:

青春是一条食水的鱼

会当水击三千里

舞 厅

迷蒙的律吕从头顶上响起
明灭的灯火照亮城市的记忆
如是爱则无须掩饰
如是青春何妨炫舞于热烈的土地

让手和手搭成桥梁
让心和心在辉煌的变幻里激动地透视

无须因不解而认真解释
无须因鄙视将脸抹成堂皇的太阳
所有的栅栏都曾经存在
谁愿意走进栅栏就等于禁锢自己
舞厅是一个狂放的世界
城市张开了所有的耳朵
谛听候鸟动人的鸣啼

桥上赠诗

夜晚冰凉的河流有新的段落
桥两岸是千万家璀璨的灯火
我们步履轻盈地在桥上散步
心却有几多沉重
听河水在桥下流淌
唱着一支激昂的歌

青春万岁。万岁青春
时光总有斑斓的颜色
有的已经剥落
有的却还在忍受苦难的折磨
只因为配享这两个神圣的字
才使脉搏跳得更快
才使血管变得愈加火热
万岁青春。青春万岁
将命运抛向这一条河
不做在河岸徜徉的旁观者
而是做一个沉默穿越时空的水手

毕竟河很长青春很短

我们且都对自己说一声珍重
相信两岸的灯火中都有独立的一盏
生命将在两岸收获思想的硕果

古栈道的启示

当我们像出笼的鸟群穿过茫茫丛林

夜色悲悯的谣曲已经唱起

岁月所不能抹却的脚印

翻出了淡淡的愁痕

我们的头顶戴上了一只只不可摘除的荆冠

只有涛声还在往复地叙述远去的背影

叙述着一群背纤者的故事

在岩石的牙齿咬碎他们脚步的时候

汗血浸透大地

东方因为太阳而红润了

温暖着一颗颗浪迹于河流的心

而历史向我们多情地笑了笑

在黑压压光秃秃的头顶上跨过去

然后我们的热爱和青春

也在风雨中跨了过去

我们不会叛逆

我们绝不会睡在麦秆上高喊叛逆大地

因为那麦秆

永远散发着我们熟悉的气息

幻想之歌

太阳闭上眼睛的时候

就有一个黑色的影子

像夜晚灯火边的一只飞蛾

跋涉于干涸的河床

以及死去的花的眼睑之上

船一只只相继搁浅了

南方少女乌油油的头发

杂乱地蓬松着

杏花难以抗拒夏天的足音而跌落

但她的面容看不清

影子穿越旷野的腹部

匆匆忙忙隐隐约约

后来她落在我那本诗集的装订线边缘

细细的长条腿儿

有力地迈动在并不封锁的道路

沿着装订线的日子走下去

追寻杂集的脚印

那个背影在森林的枝杈上

飞去飞来

我惊讶地看见原野再也没有花草
母亲的泪珠凝成晶莹的钻石
在大地上闪闪发亮
河床上找不到陶罐和贝壳
比目鱼与秋天的树叶相差无几
草棚的稻秆开始腐烂
松树站着不再显示分量
告诉我太阳西沉之后空洞的故事
我无法回答众多问题
看过往的行人没有绿叶环绕
丰满与年轻在长夜中消瘦衰老
而背影在大后方放飞吱吱作响的萤火虫
萤火的光芒时而被背影挡住
时而放射着欢悦与温和

可没有太阳的日子
不会再是七色的日子
狭长的河流长满水草
堵住最后一个情人放逐的花瓣
我跳下水去
流水中的三角帆艰难地滑动
但那朵桃花被我的手捡出来
重新放回奔逐的历程
尽管我的祝福如树一样忠诚
也许另外一个暗黑的长廊
还有虐待生命的门槛

渴望自由的人们不能安静地坐着
但渴望自由的人们又不能自由地出去
屋子里的烟味酒味及猩红的眼睛
等待着一次风暴的耕耘
而那个背影不就在百叶窗的缝隙里跳跃吗
云朵不像往常那样耽于平淡
心已被风高高托起

死亡在泗渡
心室被风雨打凉
鸟儿蹲在巢的角落
祈祷波浪的平息
但浪花中有米兰和石竹
是土地上响动金色铃铛的旗手
在天空低垂头颅的时刻
鼓励老去的血液鲜润地流动
金黄的九月菊在耳边唱歌
亮色的裙裾自信地飞扬
而骆驼在沙漠上航行
夜莺的眼穿过黑压压的森林
都在祈祷另一个泥泞的彼岸
充满微笑地拨响五弦琴
我看不见夜里的河流
不知何处曾经是渡口
何处是大道沼泽和丁香树
我想询问夜的方向

但陡然看见另一只帆

看见了与那帆并行的熟悉背影

正飞快地摇动着希望之橹

呵……我的眼中有火光

汗毛根根直竖起来

我轻轻地喊了一声：兄弟们

追上去

追上那只帆……

……那个背影

塔吊之歌

久久凝望你

觉得你是一只鹰

站在城市的工地上如同站在一座巍峨的山峰

你将头颅轻轻转动

眼睛里充满着活力和精神

锋利的嘴叼起大块大块钢铁

叼起大块大块混凝土预制板

却又像吹落野菊花般将它们吹落在爱的位置上

你是热力乳血哺育长大的吗

城市温柔的手轻轻地梳理钢铁的羽毛

你的翅膀就是坚硬的杠杆

为每一只孤鸟筑起美丽的居所

为每一对流浪的情侣创造一片宁静的天空

太阳在你的头顶上浮起

花瓣一节一节开遍升高的窗口

爱情逐渐丰满

从一个早晨走向黄昏。又从黄昏

走向另一个早晨

庞大的城市呵
溢满你翅膀扑打的风声

逃亡之马

为了吞噬我
天空张开血盆大口
我坐在逃亡之马的背脊上
将头颅紧贴在你的头颅旁
躲避夕阳冰冷的眼睛
狂风漫漫。山林隐约
我听到你哒哒的脚步声敲打崎岖
为一个流亡的生命而负重

我曾经在一片空旷的草地上
一手牵着你的缰绳
一手轻轻拍打正在吃草的你
我也曾在月光下掏出一支竹笛
为你吹奏远方的信息
你的眼睛不时凝望我
如两颗镶嵌在岩石间的琥珀
我的手抚摸着你的鬃毛
我的心贴着你的心
你是我生命中亲密的兄弟

现在我的背后是千军万马的捕猎者
飞箭的响声唰唰落在近处
逃亡之马啊
你竖着敏锐的双耳
勇敢地驮着我飞奔
甚至不发出任何一丝粗重的喘息

守望灯塔的老人

灯塔在海岬的夜晚闪亮

人们总是看见守望灯塔的老人
在黄昏一个固定的时间
攀缘着石壁和台阶走进灯塔
年复一年。日复一日
他看守着灯塔。看守着航船
看守着大海。看守着自己
他的身影越来越颤巍
头发越来越白
越来越像一面在海风中投降的旗帜

那一个被称为世纪飓风的夜晚
惊涛爬向悬崖
爬上了高耸的塔尖
当黎明再次到来
人们没有看见老人从灯塔上下来

灯塔之灯没有关闭
在海岬初晴的天空下一闪一闪

海祭之歌

许多船只在海洋中晕头转向
浪花迸发狂热的哀伤欢乐或迷惘
貌似平静的大海不是湖泊或者溪流
在波澜闪光的地方
留下了沉思痴癫和向往

沿着无数沉船积叠的海谷
自在的鱼群穿来穿去
贝壳柔软的嘴唇吐出了被淹没的炊烟
陆岸上呼喊口号的人们
挥舞着拳头和帽子
雨点的头颅集体地转动或碰撞
一张张面孔在迷醉中发光
大地上参禅的人们
渴望被海洋征服
乌合的波浪是一群群等待训教的羔羊
前进的锣鼓鼓荡热血奔流的镜像
殷红的云彩布满天空
涌向一轮白炽的太阳

多少往事灰飞烟灭
在废弃的海岸或沙滩
留下的是闪光的骸骨紧咬的牙齿
留下了无法捉摸的荣光
而今公交车站拥挤着上下班的人流
倒转的天空塞满情侣和谐的背影
我在海边大道上漫步
不断告别往日拥挤的人群
怀揣一个个城市一座座乡村自由的梦想
却又哀悼一辆辆曾经失速的火车
在一片凄厉的呼啸中滑入海市的方向
也许过去的已经彻底过去
我寻找的不过是泡沫的幻影
咿呀卡壳的纪录片投向历史或现实的墙壁
斑驳投影中依然听见狂热的呼喊
听见起伏的青春空洞地激荡

一根头发拎起整个大海
一只手臂挥动所有波浪
仿佛那来自海底水鬼的呜咽
还有一缕久驱不散的阴魂
依然咒语般萦绕在身旁

诗人之歌

我走过大海边的码头和船坞
那里的渔船密集汇合
然后又分散并奔赴四方
在大海上劳作的人们向我挥手
他们黑色的嘴唇发出海浪一样的光亮
诗人,你来到这里是为我们歌唱吗
不……不……谢谢你的信任
我在故乡的溪流上折叠过放行的纸船
我的心没有如此庞大
……能为你们谱写激越的乐章

我在一个黎明走过繁华的都市
街边高大的梧桐树落下一片片浓荫
自行车潮水般汹涌
公共汽车里拥挤颠簸的咏叹调
那里的人们神秘地问我
诗人,你来到这里是为我们礼赞吗
不……不……谢谢你对我的信任
在城市我还是一个流浪者
我在人海中寻找自己失落的面孔

在广袤的田野上
我看见挑粪或挥锄的农人
他们看见我觉得十分亲切
因为我就是农民的孩子
诗人，你回到这里是和我们一起劳动吗
不……不……谢谢你的信任
我现在寻找一张张空白的稿纸
我要挥笔耕耘
勤奋的阳光将洒满每一寸土地

纪念碑的光辉照耀每一个角落
当我路过他的面前
他似乎在低声问我
诗人，你准备描绘自由的风景吗
不……不……谢谢你对我的信任
我现在还盘踞在一座象牙塔里
试图打开每一扇心灵的窗户
去拥抱这大好的河山

叛逆或者忧患。欢乐或者痛苦
我热爱四周的人群并生活在其间
我在自我的楼阁中空洞行走
渴望回归于人群热情的怀抱
我喜欢听见大海的呼啸
我也喜欢倾听芦笛的歌唱
我追逐火把汇集的节日

我也渴望在五月鲜红的石榴花下吹奏一把爱情的长号
我在山崖迎接暴风雪
如勇敢的战士直面严峻的死亡
我从不逃避黑暗
但我更相信光明
相信每一次叹息中坚韧的低鸣

也许我并不欢喜摩肩接踵的人群
我只是热爱劳动者夜晚如雷的鼾声
我并不羡慕飞腾的江河
我却敬重长河上一座座孤寂的灯塔
山上的树木因山的高度而显得更高
海中的鲸鱼因海的辽阔而无拘无束
我无法抵达辉煌却忠实于内心
我像一棵大树扎入泥土
天空开满了无垠的绿荫
根却在暗黑的底部扎得很深很疼

水手之析：水之手

如果你觉得大海不过如此
那可能是一件糟透了的事
许多人被大海吞没了
哭泣的亡灵向陆地招摇
但是大海的波浪依然快活
快活地在海中喧嚷
我们没有理由停步和踌躇
沉默也罢大笑也罢
我们都是大海新来的水手
终将在这片水域里度过一生

每一次从大海上回来
都增加了一层乌黑的幽默
没有人向往的大海不是大海
没有人告别的大海不是大海
没有人死去的大海同样不是大海
当我们将双手伸入海水
立刻感觉整个身子就要被拖入大海
原来水手就是水中之手

海水中的手摇动苦乐

像两条游鱼不由自主地游荡

最后都不知在何处上岸

水手独语

有一天我飞临天空俯瞰
大海像一只翻动酒液的酒杯
另一个我沉浸在大海中
因为畅饮而一次次醉倒
又一次次沿着大海的边缘向上攀升

渴望翻过悬崖逃跑
却又舍不得海上的美酒
总是再一次返回大海
或许我热爱酒意中的翻动
我始终没有爬出大海的杯沿
始终在大海的清醒中烂醉

勿忘我

如果我能忘记你
那是最好不过的事情
可是你的名字
偏偏叫作勿忘我

我只不过是田埂上一个匆匆的过客
看见了你在杂草丛中蓝色的摇曳

多年后才想起你回望我的眼睛
想起你在黎明那一瞬温暖的闪烁

哦……勿忘我
勿……忘……我

五月组歌

1

五月大地上交叉的河流
是一条条围着红花绿草的栅栏
我的眼睛是两只正在松动坚冰的湖泊
拒绝过你的一切。但是我知道我的虚伪
我的心中泛滥春天的潮汐

请原谅我的拒绝
原野上的石竹玫瑰和紫丁香
露出精致的微笑,正如我飘忽的眼神
环绕于二十岁青春的太阳
每每接受诱惑与召唤
只是我无数次举起自己的手指划过鼻尖
像刻下一个个拒绝的神符

或者。我是一个海边的孩子
一次次地在沙滩上筑起碉堡
渴望在无尽的深渊打开阔大的海门

但你是人世间最美的神是歌诗的化身
我的拒绝只是暂时的退却
欢乐的浪花却在我的心灵四周盛开

请惩罚我吧……自由的神灵
我焦灼在日渐膨胀的爱里
天空的星群倾倒在岁月的草地上

2

我的故乡有一座座精美的葡萄园
葡萄的枝叶如同年轻母亲秀美的发髻
在山脉之间晶莹剔透的葡萄
像一颗颗星星闪烁在穹顶
我的梦始终向往着葡萄园的殿宇
等待勤劳的足印一次次热情地闪过

也许我是穿行于葡萄丛间的一只蝴蝶
渴望被爱情的手捉住或放飞
而在青春无法抑制的潮水中
我总是梦见勇敢搏击的白帆在波峰和波谷之间跌宕
海边悬崖上的一扇扇窗户亮了
在我的诗稿和画稿中
他们像一面面反射大海光芒的镜子

请不要责怪我的沉默或轻薄

无法用语言表达的朦胧或真挚

是我对爱情或自由的向往

崇高而纯洁的五月之神,请你坦白地告诉我

在你这个最有资格招摇的季节

我的孤独和寂寞为何如此丰满地生长

而我又将如何解开那无形的枷锁

3

世界很小。如一片掉落的树叶

无数蚂蚁在叶围的运动场上相逢

愉快的声音穿越岁月的迷雾

我还来不及缜密地思考

在众多的你和我之中

绵延的生命起舞于年轻的呼吸

绿叶的喧哗带来缤纷的河流

我无数次质问并怀疑五月的真实

浪涛不断撞击封闭的堤岸

但没有比你的美更美

没有比你的美更令人陶醉

你的呼吸就是对我的折磨

我的脸开始潮红。在八九点钟太阳的照耀下
曾经的悲凉往事和自卑情绪
都被时针彻底铰碎

醒来吧风动的湖泊或沉睡的火山
醒来吧在五月河流边沿徘徊的激情
以及在大海深渊中上升的波浪
道路在前面快速延伸
轻快的云雀带来了菩提树的消息
而我最终就是你神奇的创造

4

飞来飞去的蜜蜂
把我的脸庞当作一朵硕大的花瓣
针刺蜇得我很疼
我鼓凸着迷惘的眼睛寻找青春的启示
但只有你的眼睛能够发现我的眼睛
交换的秋波在时光中游弋

让复活的欢乐引领我们走进五月的田野和村庄
泥土发光的语言是对绿色的礼赞
我的一切都幻想在幻想之中
你坐在我的身边微笑

暴涨的河流洗刷着岩石

一座座雪山次第软化

沙滩上的脚印是无可奉告的风景

我试图挣脱你的怀抱

因为我不是一个感情的奴隶

我要做一个时代全新的主人

当春天起风驱赶布满的罗网

江河应和着我前进的足音

当树木上花瓣凋落，毛茸茸的初果

在阳光和风的交织中迈向成熟

那么五月请你告诉我

我该如何引领河流的节奏

如何开放原野的呼唤

你天真地来到我的身边感召我

我无须枯坐于一扇寂寞的窗棂下

弹奏吉他沉闷的恋曲

树叶一年一度凋落又新生

候鸟一年一度归去又回来

在阳光轮毂的辐射下

一只三角帆沿着五月的河流开始新的启航

在敞开的河岸和海岸交汇处

一个少年的背影幻化成一只灰色的信天翁

我倾听着故乡竹架上爬满的南瓜花
倾听紫藤炸响一串串鞭炮
那些都不过是为我壮行而吹奏的喇叭
我追寻着季节同频率的呼吸
我追寻着和你心灵和谐的共振
在五月铺开的锦绣原野上
我是一条晃荡着青春而无所顾忌的河流
滔滔不绝地汇向奔腾的大海

灯：致母亲

我悄然走近家的窗口
如一只小鸟落地
贴满剪纸的窗子被风所破
我的眼睛泛动夜的潮水

你还坐在一盏煤油灯下
老花眼镜滑下清凉的鼻尖
昏黄的灯火安静地跳跃
我看见你的头发逐渐灰白
小屋发出弥散的叹息
但你并不曾在意这些
在乡村岁月暗淡的夜里
一根细针缝补着游子的衣裳

当你听到了我的敲门声
你欣喜地打开门
吱呀的声响中蹿出一道灯光
照亮了我来时弯曲的道路

向往的岛屿

向往的岛屿
在浪花中浮沉
没有舟船
我不能抵达

一株椰子树
和我站在一起
显得孤苦伶仃

台风将起
我还在岸上驻望
一颗颗椰果
在坚韧中发青

在时光的枯瘦中
我渴望再次丰盈
就像和春山一起
摘除去冬的冰凌

向往的岛屿

还在浪花中浮沉
我期待着椰果的成熟
向你飘来
并传达海潮的消息

听贝多芬《致爱丽丝》

一个少女的名字随乐曲飘动
闪烁温和与忧伤
想象一个人缓慢进入墓园
弯腰放下采自原野的花束
他宽厚的嘴唇颤动着
泪珠在天空下发出光亮

怀念一个少女的名字
从诗人和作曲家的灵魂出走
没有舞步相伴
只是内心风暴的战争
裙裾不再飘起
长发坠落覆盖浪花的小窗

白 鸟

飞过的翅翼带倒红烛
烛火在桌面上喘息
夜已经很深
我只看见一个带光的背影
飞快地穿过窗子

轻轻地呼喊一声
没有回应
后院是一片月光洒满的草地

草地如湖
月光荡漾涟漪
我怅然而望
不能触及风的足迹

音乐晚会

已经睡去却并没有睡去
合上眼睛。海的思潮缓慢上涨
最后吞食你的大堤
你一下子醒来
浪涛泼打宁静的岩石
水鸟的翅膀颤动
树的叶子跟着喧哗

你将不再睡去
音乐的风吹动路灯和星辰
波峰波谷之间停不住一只小舟
梦在嘴唇边上闪亮缤纷的颜色
春天的荧光屏上播放幻觉
梧桐树披上晚祷的衣衫

窗子一叶叶推开
没有扣环
在风中噼啪作响

夜 雨

夜雨中行人的影子
掠过忽闪的灯光
树叶贴着积水
不能被风带走
传来艰难的呼吸

你行走在雨夜
数不清的雨滴
落在你的头发和脸颊上
无辜的嘴唇感觉寒冷
品尝一缕清苦的滋味

忧郁的日子

那足音已经远远去了
山野听不到雄浑的呼唤
只留下我：一个拾贝的孩子
捡起一只只彩色的贝壳
家在何方呢
一两点渔火在远海闪烁
我的行囊很重
心在怀念中飘忽不定

于是衍生的忧郁
悄悄爬满我漾动泪水的眼角
云朵轻盈消失
归不了家的孩子手上
没有明灭的萤火虫
想象远行的潮声
记得命运的艰难
一棵年轻的树
就这样在海边的悬崖
斜撑起支离破碎的星空

背　影

和一个个逆流的日子搏击
黝黑的水手从船上走向陆地
走向泥泞的河岸或嶙峋的峭壁
背起粗大的纤绳开始命运的逆旅

而我却听见那河的波涛
比往昔更加响亮
更加残暴无比

所以我在河的岸边
被阵阵撕人心肺的嚎叫所震栗
沉思地凝望背纤的水手
匍匐着从远方向我走来
尔后又向我的另一个远方走去

一个民族曲折前行的背影
闪烁在我的瞳仁里

远去的帆影

为我飘动的黛发
在河水中流失
一个背影缓缓挤出我的眼瞳
两岸的青草因离别而不安

我走向一株连理树
诉说曾经共温的时光
泉水沿着山脉流下来
河流的水位很快变高
我站在河岸
辨不清河水流动的方向

岁月为什么会在我需要的时刻带走你呢
我的昏厥中群星纷纷跌碎
远去的帆影沿着我的手臂
逆着驶来
愈来愈近……愈来愈远

雨夜之诗

冷冷清清的街灯
在水中浸泡不同的颜色
我们的脚步声显得迷惘
雨夜的路没有休止符
伞儿经常违背风的方向
只靠互释的笑声
撑起另一片晴空
梧桐树的眼泪是橙黄色的
落在我们的衣领里
还没来得及捡出
就化作了一颗颗珍贵的琥珀

四月的作品

四月的作品在你的枝头
结成一串串青青的果子
我的手始终不敢采摘
生怕苦涩黏住一只飞翔的风筝
阳光很美也很温暖
你就悬挂在温暖的阳光里
摇动着毛茸茸的脑袋
黑眼睛一闪一闪很动人

我寂静地走过你的树下
看你四月的作品。一分一秒之间
青青的果子渐渐走向红晕
洁白的归帆一定听见了心的呐喊
你的枝条在风的拍击中张开臂膀
拥抱着爱神的来临

断　章

下雨的时候。为了逃离
我站在一株老槐树下
满天的树荫圆形的
恰如一把庞大的伞
我干燥地等待着日出
而后大笑并冲进一个空明的晴天

下雨的时候。为了凝望
站在你的窗前
望老槐树头顶上的天空
没有一把更大的伞
树全身湿淋淋地在雨中哆嗦
任凭那雨水欺负或摧残

我的心在隐隐作痛
你和我共同的伞呢

晨海散章兼致 FC

1

怀念过去的事情
像昨晚月亮滴落的火焰
不再灼伤我的手指
秋风中的树叶
金币般坚硬地落入大地的胸怀
但我还一个劲儿地坐在月光下
来不及数清
它们便已在痛苦的煎熬里腐烂
因此东海湾畔的小山村
依山傍海的日子
如永远矗立在山巅的石头
临风不动
清俊的面孔使我想象
阻隔你我握手的高山
而清晨呵清晨的海呵
还是不愿苏醒
黛色的潮水汹涌向悬崖
那些海鸥默默地栖于礁缝

浪花的娇羞
始终咬住欢乐中悲哀的往事

2

沿着手指的方向
沼泽为我摇动腐草
水波盈盈放下危险的陷阱
可我只是愿意
只是愿意这样望月光悄然隐去
然后雕塑般地喑哑于你的黎明
像婴儿蜷伏
清秀的脸庞挂满纯洁的泪痕
而晨风来自东部的大海
给我带来崇高的意识
我就仰望岁月
坐在古老的天空下
因为怀念才像一只受伤的鸟
垂下乌云的翅膀
谁呢究竟是谁呢
使我的额头泛滥鲜红的血
小菊花在记忆的小径上默默地开
又在另一个凌晨默默地败
听涛声被顽固的山神阻挡
声音零碎
晨光里总有人伤心地伫立

3

垂落的风帆

写满悼词的白纸

曦光被大海簇拥

灿烂又发白

痛苦的歌者仅仅拥有这个山巅

像我一样

以哲人的姿态缅怀苍茫

醒来吧：你的这些山野

这些永不休止呼啸的森林

这些礁石和野菊花

当水手沿着自己的道路消失

我看见他的脸庞

坚毅而刚强

那时你在默念一个孩子

孤棹划向遥远

天空的青鸟横斜

唯温暖的黎明

使大海浅如薄水

听波浪深情的咏唱

我想撩衣踏进

如涉向梦的王国

暗黑里有你巨大的手

将我握住不放

4

在黎明的海边唱歌

歌声带走了茫茫的黑夜

大海中运动的密码无法破译

海滨变形的树木

叙述忠贞的愿望

那一头蔚蓝的蛮荒之兽

波浪的兽角在无声冲撞

你叹息时间钝化的悲哀

而海上的帆群

是不死之鸟展翅飞翔

我爱着东部这一片旷大的海域

仿佛是一只御风而来的飞鸟

一次次梳理自己的羽毛

而忧郁的歌手坐在大海之滨

端起大海这口大碗

饮下了所有的泪珠和汗滴

海浪汹涌澎湃

我意念中倒转的天空

运行着太阳的独轮车

而叛逆者灵魂的嘴唇上

沾满水手寂静的血

5

这些大海的友人或者情侣
这些最终抵达海边的自戕者
这些海底的珍珠和贝壳
这些水手被水草纠缠的衣衫
这些旧铁锚上掉落的锈蚀
这些沉船中水鬼的呐喊
注满晃荡的海野
我一次次穿过大海的布幕
借着岩石上月亮的反射之光
徘徊在黎明前的渊薮
像孤寂的船只
倾听凄凉的嚎叫
天空中的星星永远照耀
我感触和大海的共存
心灵寻找彼此的呼唤
而东部故乡一根剪不断的脐带
牵扯着我的命数或爱情
在神的光芒所指引的道路上
奔走的汗水鼓荡我的头发
鼓荡着那一片发蓝的海水

6

沿着旧日的山路

大海在峭壁下破碎
浪花的飞尘起舞
我却听见了你心中的叹息
像忧郁的云朵
沉积在天空的底部
巨大的山石卧伏在海滨
交错的野草在风中摇晃
但命运的黑手
怎能驱逐青春的美好呢
我无法回答
海湾的渔船停泊在冬天
做着春天的旧梦
你的眼睫毛就像岩石边的草叶
沾满了凄凉的露水
在山口被风不断侵蚀的岩石
依然呼唤浪潮的冲击
最后他们圆润如一颗颗豌豆
此时我看见你从远方走来
拎着一篮猪草
像拎住一篮子波浪的阳光

7

潮水来了又走了
反复演奏的回旋曲上
浪花像一只只没有翅膀的飞鸟

还在海面上苦苦鸣叫
我们失去过那个冬天
失去过再也没有父亲的春天
现在重温童年的战车和战舰
在鸡鸣尖想象的洞穴里
抵御着贫穷寒风和核弹
你的一只眼睛和我的一只眼睛
并排靠在一起闪动
雷声隆隆
掉进了深不可测的海渊
水雷和导弹依次出发
梦中的潜艇
熟睡两个淘气的士兵
只是在那个冬天
苦楝树的树叶已经落光
我们似乎生无可恋
沉浸在自我编织的故事里
沉浸在故乡的山海里
演绎春天的童话
想象之翅飞得很远很远

8

冬天的山泉并没有完全封闭
老树的根部裸露在风中
你在峡口小心翼翼地行走

你说过你不需要拐杖

并不威武的征途战歌中

无法击沉的堡垒和战舰

将永保我们平安

在山峦起伏的大海之滨啊

我们扯着野花的旗帜

如同一个个闪烁的旗手

梦中的少年吹动着黎明的号角

站在灰蒙蒙的地平线上

开满了露出牙齿的微笑

此时大海的声音很轻

一只美人鱼跳跃又消隐

太阳红色的光泽织满海面

我们感知这片海

感知这片千百年来洁白的闪光

我想牵你的手给你力量

但我没有看到你

却看到了一根桅杆

在风浪中颤抖的坚强

9

久违的波浪

斟满蓝色

一只杯子高举

你已经饮下

但我不能。望朝暾里的背影

翻动不可诠释的美丽

吴刚已将大树伐倒

桂子滴落

闪闪发光

无堤的泥涂伸展

手臂拥抱不朽的海湾

渔村的老屋

如破败的风筝

小路匿迹于杂树

残网悬晾于门口

那里是一些黑色的人呵

这些人以海为家

这些人都像流浪的舟子

还有石头砌筑的墓碑与丰碑

像两枚特殊的棱镜

反光于我的头颅之上

10

终将被你的手牵回

像我坐在海滨

远山的村落在雾中收敛翅翼

岁月的乐曲里

有一种声音微微发光

但我的手指无法捕捉

礁石也因为迷乱的爱而疯狂
是的。我就爱这样
在东海黎明的边界怀念
穿过许多小路与山岗
在太阳辉煌升起之前
坐在高山之顶
倾听黑色短暂的寂静
飞翔的水鸟穿梭
翅膀潮湿
神鲨在水腹中央捣乱
摇落漫天的星辰
我无话可说
感恩于海洋
肩上积满万古的悲哀

导航灯之歌

星光被高耸的岩壁屏蔽
暗礁和激流之鬼试图伸出长舌
捕食恍惚的火苗

死亡陷阱边缘的自由花朵
无垠漆黑中闪烁的光明种粒
或者对摇晃中昏厥的提示
对麻痹者揪心的呐喊

钢刀砍不断愁哀的血滴
湿透了水手的脊背
他在幽幽的隧道里默诵祷词
遥拜被风吹动的经幡
自信的微笑
仿佛刹那间洋溢整条河流

月涌大江。舟入旷野
呜嘀……摇荡苏醒的杯中之酒
竟也愈加酽浓……
……醇厚

致杏花村牧童

我是一个在大地上漂泊的行吟者
曾经在你苍茫泥泞的村野穿越烟雨断魂的乡愁
渴望谷粟酝酿流淌而来的传说
你在牛背上向杏花迷蒙的方向遥遥地一指
我便感受到了阳光的温度和泥土的芬芳
如同行进的船只在雾廓中找到迷失的港口

即使许多年过去了,河山巨变
我还是那个在岁月风霜中穿行的歌手
还将在广袤起伏的山川中央自由地漫游
我真挚且小心地将我的爱酿成诗歌
只是偶尔我会想到你,一面之缘的牧童
纯净稚气的脸庞在时间模糊的窗子后闪烁

你还会在杏花村口等我么
你那支清风中吹响的牧笛
在原野上飘落花瓣一样淡淡的忧伤
我还将漫游并希望与你重逢
你手指的方向就是春天的方向故乡的方向
远方的杯盏斟满了好客浓郁的美酒

在我和你曾经相遇的老地方
依旧是酒肆风幡
依旧是朴素村落
是繁枝上杏花燃烧的片片云朵

向阳坡

我独坐于黎明的向阳坡
看你唱着山歌
从我的视线里走过

这一角土地鸟语花香
风吹动草野如海上起伏的波涛

你的背影很美很美
山歌久久萦回在我的心窝
你就像一只美丽的海鸥
飞过时溅起盈盈的温柔

那盈盈的温柔使人陶醉
阳光下梦见一只奔跃的小鹿

我多想采上一束野花
插在你的黑发之上呵

然后肩并肩坐在草地上
面向太阳合唱一支明快的情歌

静　夜

星星在空中旋转光明
你的纤手可曾被风亲吻
山脉黑密密的蠕动里
长满爱情苦难的森林

我不能用语言表达我的相思
也无法梳理每一缕吱吱生长的情丝
朦胧的灯光下
谁能看见我眼睛里闪动的晶莹

而我还将往何处去呢
握不住你青春的手
心在思念中忐忑不定
可星星呵星星
你为何不曾睡去
总在我的记忆里纷纷飞临

致白桦树

白桦树,请你不要拒绝我
在我寂寞的时候紧紧地靠着你
如同靠着北方凸凹粗犷的山脉
我是南方一个你所陌生的孩子
在漫长的期待里将爱倾吐给你

白桦树,请你不要拒绝我
在你洁白的树皮上写下我的名字
我的名字也是洁白的
如南方上空一朵飘动的云絮
我是一个有着自己声音的孩子
将在你的浩瀚中存留点滴清晰的回忆

白桦树啊,我们相守……遥遥无期
我们之间千里万里……永无距离

麦　地

在一瓣瓣碎花般掉落的阳光里
我开始想象金色的麦地
在广袤的大陆中间闪烁
我怀念炉火上一块块洁白的麦饼
旋转着童年的欣慰
还有城市夜晚台灯下的桌角
放着我尚未啃完的半块面包

当我穿行于四月的田野
阡陌上杂树的枝杈栖息欢歌的布谷鸟
土地在风中兴奋地打滚
阳光就在麦苗上不安分地跳跃
那青翠的如同潮水般汹涌的碧浪
荡漾在我心灵的每一个角落

原野无际无涯。麦地无际无涯
在我思考抑或赞美的时刻
看见一个老农自远方走来
俯身观察生长中的麦子
佝偻的身躯自然弯曲

默诵劳动者厚重的诗教

我只是走马观花的歌唱者
热爱在青青的麦地上放逐
显得那般浅陋或粗糙

最后一名艄公之死

渡口的最后一名艄公
在一个浓雾的早晨死了
此时横跨河流的桥梁
正在举行通车的剪彩
庆祝欢呼的人们
自然遗忘了幽暗的角落

数十年的河流之上
无论春夏秋冬,无论黎明薄暮
总有一只渡船
总有一个坚毅的背影
从此岸向彼岸,又从彼岸回归此岸
他摇动的手臂如岁月一段遒劲的树根
穿越风霜雨雪。从年轻摇向苍老
忠实的心从来不曾后悔

艄公死了。就在人群欢庆的时刻
那个浓雾的早晨带走了一个传奇
被阻挡的阳光隐瞒了所有落幕的故事
也许只是一种巧合

甚至还是一场预谋
失去主人的渡船也在水波中漂远

我从热闹的桥上走过
偶尔遥看将被废弃的渡口
已是一片荒芜
那个青春热情的小伙
那个精神矍铄的老者
仿佛他还永远站在那里
召唤着每一个乘渡者
他佝偻的背影如船
黝黑的背脊弯曲成发光的桥梁

桥上。桥上。放飞的烟火
炸响的是时光沉痛的挽歌

再致放蜂者

放蜂者支起一个帐篷在南方的四月
南方四月的野花爬满小径
天空飞舞着一群从你手掌放飞的蜜蜂
那是原野上最美丽的精灵

放蜂显然不是一件凑热闹的事情
你沿着山谷的方向选择了孤独
在嗡嗡声中。在如痴如醉的鸣叫中
在一片片掉落的金色的阳光中
忘却了流浪的艰辛

你看见花朵就放光的眼睛
溢满收获的欢乐
料峭的风吹动着山野一角
听你还轻轻哼唱着
……芬芳只属于自由和蜜蜂

空空的杯子

我们坐在一起
河流沿着轨道流失
我的杯子
斟满了一盏浊酒
孤独陪伴着孤独
你的杯子外
河水在逐渐涨高

干杯吧
夕阳正晒在舷窗上

你爽快地站起来
仰起精美的头颅
身姿逼真地呈现五月之美
岁月之酒像饮不完的河水
还有一两滴
垂落在你的脖子之上

没有归宿的浪子
找不到停泊的港口

我的心渴望堆垛的干草
在温情的日子里遥望冬天

两只杯子已变得空空

我并不惋惜河心的沉船
只是忘不了潇洒的姿态
你不胜酒力而微红的脸庞
变幻成时光的波涛

但美呵或许诞生于一瞬
却能贯注整个生命

预 言

1

再走下去
就没有路了

环顾四方
静寂的草野在苦思冥想
蟋蟀在月光里呼呼大睡
只有一条发白的小路弯弯曲曲
通向海边

无法解释道路的来历
在我没有到来之前
有人走过并已经死去
我手捧一把贝壳
放飞一只只闪亮的星辰

再走下去就没有路了
没有路。是锋利的石砾
是蔓生的荆棘

我却固执地惦记你的寄语
潮水汹涌
向我推送一只只精致的花环

2

我不会坐而老去
去路遥远
漂泊的心习惯孤独
红烛燃烧
照亮夜的黑岸

我不会坐而老去
虽然死和生同样伟大
在苦楝树下
有我的母亲和村庄

沿着匍匐者前行的背脊
我发现了累累白骨
橘子树却站在白骨堆里
橙红地闪亮

如果河干涸了
我将去扛起沉船
只有泥土温暖
蠕动黑色的蚯蚓

我在窗下倾听
倾听风暴穿透岩石

此时你的脚印
在初雪覆盖的土地上
向我走来
歪歪扭扭
多么美好

3

当我老了
坐在预言的树下
咀嚼回忆的果子

孩子,你们坐在我的前面
黑眼睛一眨一闪
动人地明亮

我将对你说西部的高山东部的海洋

还有山楂树葡萄园和三色堇
一只只青色的蚱蜢跳去跳来
窗口半开着欢乐中的忧伤

我叙述着跋涉的风姿

手指感动地在天空比画
自由的鸟只振翅翱翔
露珠沉醉
远山静穆
桥下的水波轻盈地荡漾

那时衰老成为象征
千山万壑忆诵熟悉的名字

江河涌来不绝的芳香

自画像

有一种苦难诉说不得
老去的鹰
积叠的雪
掉落的花瓣
还有少年手中逃离的风筝
像石头像沙漠像高原
沉重地压迫你的心胸
且看骆驼顶着风沙前行
梭梭柴矜持地
卧伏于命运的摧残中

沿着大地远走
不留下丝毫履痕
但回首
记忆明明灭灭
思念睡去醒来
幻觉诞生又消失
生死变幻如梦
还有故乡的三棱草和蝈蝈虫
高悬于头上。像月亮

像早晨那轮辉煌的太阳
照耀又抽打
抽打过后
又以温柔的手抚慰你隐隐的伤痛

米兰开放的黄昏

在九月南方的黄昏
被初秋之风轻轻撩动的大地
为我开放丛丛晶莹的米兰
我相信不会被爱遗忘的角落
都会把金子般饱满的铃铛
缀满坚硬的枝条

也许是因为黄昏
因为那不再被桨声搅动的黄昏
你点滴的美丽积聚成波光荡漾的深湖
并用涛声传给远方的岸
告诉我热烈却又如珍似玉的语言
我总怀着美妙的幻觉
朦胧地走进九月
走进南方被你细心点染的大地
接受夕光下芬芳的馈赠
我将和你一道
将天空切割成柠檬色的碎片
储存进历史的回忆

我知道你被压抑许久的热爱
终将在这一时刻释放
掩饰的歌谣被彻底忘却
我也在南方九月的黄昏
因为米兰的芳香而沉醉
虽然相逢的日子已经很近
但我的心扉早已在你香风的拍打中摇曳
南方九月的黄昏啊
也因为爱而熠熠生辉

二十岁之歌

1

有一支歌，我无法唱响
夜晚的梧桐树在沉默中倾斜
我捧着一把破旧的诗句
经过你紧闭的窗前

想象中的城堡五颜六色
漂泊的孩子仍无家可归
破旧的诗句恰如我破旧的衣衫

穿过一段黑暗将迎来秀美的黎明
自由的风景将属于我
我拥抱着跳荡的曙色
裤管上沾满浑浊的泥水

2

向往大海的日子
造就一带忙碌的港湾

每一片树叶都是一片三角帆
在十月依然炽热的河水中展开

河水匆匆,涌向大地的边沿
青春绚丽如八点钟的太阳
生命轻盈却满载沉重的投影

在河滨,我天真地窥视水鸟飞舞的游戏
沙滩上满是婆娑的芦苇
搁浅的船只等待另一个春天的波流

3

我的嘴唇中增添了一个名字
在南方下雪的日子里
雪花陪伴我多情的呢喃

唇中的名字带着芳香
穿行于遥远的原野
山野中那些并不知名的杂树
撑起一把把美好的折叠伞

4

就让我化作一支带露的花吧
在卖花者的竹篮子里

招摇地走过你的城市
温馨的花束裹着一阵温柔的风

或者变成一只笨拙的雀鸟
倾斜着从你的窗台飞过
在你能够打量到的树杈唱歌
你回应的情诗
恰如放在窗台上那几颗闪光的稻粒

5

夜深的大街,人声销匿
一辆无轨电车悄然驶过
带走逃离的落叶

命运的道路还会有多远呢
热爱土地的人们
眼睛总是充盈泪水

也许我并不需要静谧。我渴望的是
风暴雷霆和燃烧的火焰
还有那大海上滚滚汹涌的波涛

6

永远为爱倾注热情

但我不期望爱神为我编织幸运的金冠

也许我会逐渐生锈
如在岁月中一柄幽藏的宝剑
那么请你扔掉厚实的剑鞘
用手绢擦拭往日封存的光亮
我的灵魂将在新生的光芒中飞翔

7

思念的白发流成倾泻的瀑布
在瀑布与岩石之间有水珠喷溅的声响

在丛林中穿越
我将逃离那些寻欢作乐的人们
怀抱着岁月深沉的姿态
绰约的灯火在江面上闪耀

我的嘴唇中有了你的名字
那是我的幸福。但我不是囚徒
关闭在自我精美的牢狱

我们不断地和世界作一些告别
热烈的焰火总会变为尘屑
我注定将背负苍穹
从布满荆棘的大地上走过

8

我奢望能够大把地挥霍青春的金币
但囊中羞涩又无法预支
旷野上有绵延的矿山
我的肩膀正扛着铁镐

爱不是一只空诺的戒指
我们都尊重大地上伸展的手指

远山的树木葱茏
摇曳芳香的发辫
十月的收割者还在田野奔忙
我的心那么充实和欢乐
只要心中有你的名字就已经足够

9

流浪而不停步
握着你无形的手。你的手那么美
在我的想象之外
我不愿俯瞰手掌的纹路
那些预言如草丛中扭曲穿行的蛇

大江东去。浪潮开遍雪花

红烛在风中燃烧
洪流在河床中向前奔腾

谁都无法遏制我歌唱的灵魂
无法遏制我歌唱的喉咙
潮水退远的沙滩缀满斑斓的贝壳

10

穿越漫长的冬天和春天
路旁的野草枯萎又发青

穿过遥远的沼泽区
朝阳在大海前方
我呼唤着八方的风声

我追随自由的航向
一次又一次为黄金般的日子祷告
我寻找着真理的钥匙
幻想不断打开蕴含的矿藏和能量

11

叛逆是我青春头上青葱的短发
长成一根根钢针穿透了乌黑的夜空
唯有苦难是天空碧绿的雨露

注满了我空空的酒杯

我将和你一道啜饮
相信苦难同样甘甜
排斥爱的束缚
又一起呼唤爱的回归

少女之恋

有一个诗人的水手
在八月的洪流之中
为托起一颗即将沉没的星辰
走进了汹涌的河流
你再也听不到他坚定的脚步声

他是一个很狂妄的人
曾说过要汲干全部河水
去淹没诗坛甚至整片生灵
你听他说话的时候
眼睛瞪得好大好大

你最后离开了他
因为你不相信世界上
会有这样狠心的人

然而他现在到河底去了
为托起一颗即将沉没的星辰
你终于在一个人流泪的时候

懂得那一个水手的诗人并没有说谎
他所说的那句话
充满了对整个人类澎湃的激情

望海者

望了数十年望而不老的海
多少风云变幻,多少苦难沧桑
都在你的眼眶里泛起晶莹的泪光
是为了逝去的昨日叹息悲伤
还是对来临的明天寄托无穷的向往
你都保持沉默。坐在黝黑的礁石之上
迷茫的帆影来来去去
脚下还是那一片片汹涌如昔的排浪

你是一个孤单的望海者啊
头顶上花白的头发披着老去的波涛
额头上增深的皱纹扭曲海螺的轰响
不再祈祷。不再忧伤
一切回归平和与安详
大海使你永远年轻
你曾经那么毫无顾忌地消耗
却又在苍茫的海上汲取了无尽的力量

现在你老了
却有一颗抛向大海的心

始终无法收回
你眺望着大海
那颗心还在波峰波谷间自由跌宕

鸟鸣:致一位海外归来者

我听得出那些在头顶上飞舞盘旋的鸟儿
复述的全是中国方言
海洋的浪潮逐日推移
土地却永远不会推移
鸟儿的巢穴依然在故乡的枝权上摇动

远离故乡是痛苦的
流浪的鸟儿在风雨中
无视香槟酒和霓虹灯
只有漂浮的梦幻爬上白发
每一根都飘摇深深的眷恋

你说你再不也愿飞离故乡
温暖的阳光下草叶拢聚春晖
空地和树林传播着忠贞的歌声
你的翅膀
就隐约在美丽的山川间
抛洒一把把沉重的浓荫

西部组歌

问　答

招呼一声便是朋友了
早晨的人很稀少
城市一定还没有醒来
我才知道你是一位
走向西部的诗人
江南不是一块好地方吗
你干吗要来凑热闹呢
你没有正面回答
摸摸开始脱落毛发的头颅
然后一挥手
一粒圆润的鹅卵石
飞得好远

人为什么要活着呢
活着不就是为了试试自己吗
坐在小屋里等待老死
是王孙公子的事情
追赶时间总可贵一些
哪怕遗失星群

你后来朗声大笑起来
我看到你的笑声里
走出一部部精美的诗集
那诗集的封面上
正是我所要画的绿洲和葡萄园

我们都不必要过分珍惜自己
看我的画上
长出的也是阳光石头三棱草
还有鹰隼和马群
以及沙峰沙谷间隐约可闻的驼铃
而在死去的人的碑铭上
总有两种截然不同的写照：
一个人愚昧地笑
一个人沉思着哭

西去的河流

西部高原东部平地
河流的走向是由西向东
但你的画板上却很奇妙
偏偏要画一条河流
从东向西流去
一只船上还有帆呢
在作逆向的招展

东部有你的房子
有你的竹林和蝈蝈
有一双少女动人的眸子
你甩甩袖子告别了它们
背起画夹说
让西去的河流
漂浮你远远地流浪

河的两岸是漠地
是不可滋润的荒野
你的触觉很痛苦
画笔一次次被风沙折断
但你没有哭
你诚实地将手插在泥土里
希望炎日与大雪之后
会有嫩嫩的芽尖向你微笑
但西部的河不就和你一样吗
告别了故土
不折不挠地融进沙原
茇茇草的语言之上
溅起一片白色的波涛

也许同命运的人
才如此和谐
同性格的行吟者
才感到灵魂深处的友谊

你和你的画都睡在向西的河上
远远地去拥抱自由

篝 火

注定这一支笔
除了画些眼睛与毛发之外
还要画几堆红扑扑的篝火
在夜色冥冥之中
抛洒几缕光热
去安慰流浪的孤胆野魂
你我都坐在篝火边
沉默地向那熊熊的火光
扔些我们从原野上拾来的干柴
噼里啪啦的声音很动听

我们怎么能够去跳舞呢
白天在风沙中
一个朋友不慎坠入河流
留下几幅还没有着色的画
地球太古老
西部太古老
使我们跳不起舞来
只能围着这篝火取暖
而在这寂静的夜晚里
想念一个失去的伙伴

是多么地沉痛

忽然有一种力量捅着我们
并在耳边神秘地说
那篝火里有他的眼睛嘴唇与毛发
我们惊叹着
透过火焰变幻地窥望
果真在那篝火中
有他嚅动的嘴唇闪亮的眼睛
有毛发与火焰一道在风中舞蹈

我们一直向篝火走去
却始终不能走近
原来那只是一个带泪的梦
我们在篝火边缘
不知不觉中已经睡着

画者肖像

被风吹干的脸已变得粗糙不堪
仿佛泥土中最新发掘而出的青铜花瓣
黑油油的领子和袖口
失去了水分滋养的语言
蓬松的乱发昭示着行程中的艰难
只有那一双双眼睛
在顽强的行旅中发出灼灼的光焰

从河流古老的源头开始

画板背在肩上,走过山野和乡村

走过沼泽和小路

汗液渗出每一个毛孔

干粮和河水抵挡着饥饿和干渴

辉煌和沉重泼满了缤纷的画面

黄河时而浅斟低唱

时而汹涌澎湃

引导着他们走进草房和水车

走近绿荫葱茏的果园

一只只破旧的陶罐

一朵朵飘逝的花瓣

一根根粗壮的纤绳

一张张黄泥涂抹的脸盘

都在笔下汇聚

并和壮丽的河流一起串联

那群年轻的生命就是这样

从黄河源开始挥动着画笔

携带着爱。捧着炽热的心

不远万里

一直走到了大海跟前

葡萄酒之歌

旅途还很遥远

就让我们坐下来
喝你为我们斟满的葡萄酒

我们都握住一只酒杯
凝视红红绿绿的颜色在杯里变幻
我们看见土地曾这样自豪地举起你的葡萄园
就像现在我们幸福地举着酒杯

于是一杯又一杯
一颗颗葡萄如星星扑通一声钻进杯子里
篝火摇晃如风中一团飘扬的旗

于是一首歌又一首歌
我们背后的山脉静静地压迫过来
使我们的歌声变得夸张和扭曲

但我们都握住酒杯
手和脚开始温暖
头飘摇着忘了长在谁的颈上
你的热情与好客是生命行进的驼峰
使我们晕乎着唱道：
美丽的葡萄酒永远与我们做伴
千里风沙只不过如铁锅上一盘热乎的炒菜

精美的使人忘我的葡萄酒呵
大地蓝色红色的琼浆

创造者血汗凝成的醇汁
也在此刻将我们朦胧地带回南国一座小小的庭院
那里有茂密的青藤爬满屋檐
我们的母亲牵挂着远方
而脉脉相思的枝叶和逐渐饱满的果实
跟随着我们的脚步画出一条爱的轨迹

但我们的旅途的确还很遥远
就让我们坐下来
坐在你的篝火周围
尽情地畅饮你为我们斟满的葡萄酒吧
因此我们一次次地扬起粗红的脖子
又一次次地在原野上放开喉咙纵情高歌
火光中的酒液沿着嘴角不停地滑落
不知是谁已打起如雷的鼾声

而为我们酿造琼液的大地呵
我们坚信在明天拓进的地方
也将生长自由的绿色的篷帐
葡萄恰是闪耀在帐顶上数不尽的繁星

黑房子组诗

黑房子

有一座黑房子
你的双眼能看见
你走过它的楼梯
内室游动阴冷的光芒
恐惧的气氛使人窒息
悠忽的魂灵
在你的纯粹中
鬼火般地闪烁

有一座黑房子
四周没有窗户
你看不见星月的颜色
遍布的蜘蛛网
绞杀你的思想
那里的人互不相识
你的生死与第二者无关

有一座黑房子

蒙着一层剥不下的面具
微笑中藏着阴谋
握手间埋着杀机
你说那不是人居住的
那里只是一只巨大的兽笼

有人说你是疯子
黑房子在你的咆哮声中
镇静自若

在医院

穿白大褂的人
有一层虚伪的套子
送你的饭菜里有毒
给你打的针有毒
你就这样想

太阳从西走向东
树木的裙子不很整齐
病房里苍蝇不多
蓝色的玻璃背后
还有一张水彩画

那里的同仁都不作声
坐在台阶上相互点头

早晨很美也很静
薄雾穿织的空草地上
也有些零星的野花

但你不能乱动
你就是乱动的产物
你大叫着杀人
手里的刀子是皮做的
白大褂却猛地将你裹住
把你监禁在最后的黑房子中

你的同仁一个个类似的下场
使白大褂积累了一些经验
对付你们的最佳办法
似乎不是武力
而是耐心
是彻底的慢慢磨砺的耐心

病中心情

病中的灯喘息着
夜色挤向你的孤室
你想起白天
没有人走近冰凉的床
天空那样激动
星座的周围

涂一层朦胧的光辉

在即将睡去的时刻
眼皮奇妙地跳动
灯光涌来生命的热烈
窗外的风婆娑着运行
你却依稀看见我
一个爱你但在远方的人
将手放在你发烫的额上
为你测试体温

他的声音如故乡的溪水
流向久旱的田垄

跳出去之歌

坐在车子里
道路在你的轮子底下往后跑
那些田野哗啦啦地退缩着
你闷得发慌
时针停止了转动
一种召唤却如雷鸣

跳出去。跳出去
跳出去就活了
跳出去如一只蚱蜢

去四月的草地吃草
跳出去可以变作一只黄雀
在你的车子经过的时候
叽叽喳喳

一团黑影跃出
四周一片呼声
头颅攒动
司机的刹车狠狠踏住
飞出去无可挽回
叹息声无可挽回

遍体鳞伤
垂着头颅的草边有一摊血
围拢过来的人黑漆漆的
都在认真地骂你

一双大手又将你捧回
捧回到车中
警戒的笛音旋转
你再也再也跳不出去了
因为你已经伤得不轻

想去看你的朋友

听说你病了

有人想去看你
可总怕受到些许连累

一位想去看你的朋友呵
坐在黑房子外
怜悯油然而生
天空压迫着
一座更大的黑房子
笼罩着他的身体
也笼罩着他的灵魂

花已经谢了
叶子已经落光
他走着还想起你
想起你从前的高谈阔论
是多么完美

只是在普通人看来
你肯定是病了
可你还是你
这或许也是一种自我安慰
他抬起头来
看黑房子在天空下
还伸展着有力的手爪

原谅他在黑房子外

没有进去看你
只是他伤悲的泪珠
还在寒夜里闪光

六弦琴

一根弦在悲愤中断了
六弦琴便被抛弃在角落里
岁月不断飘落肉眼看不见的灰尘

你远游归来的夜晚
捧起尘土中响动的身子
沉默的眼泪使得琴弦生锈
角落飘来呛人的土腥

你长叹一声
打开窗子召唤光明
然后用手指拨动一缕缕爱的艰辛

那琴禁不住强烈呕吐
远望无法归来的日子悲鸣

画船的日子

1

画船的日子
我点亮一支红蜡烛
风吹动火焰
如一片片不可缚获的波浪

画船的日子
红蜡烛的光辉在空中飘舞
火焰的呼吸
在画板的海上喧响

画船的日子
我逐渐苍老
头发一根根变白
老水手的歌
在即将掉光牙齿的嘴巴里吟唱

2

一片树叶在河面上漂来

一只船沿着红烛的泪水驶来
我想念桅杆举起的帆
想念被风鼓荡的梦想

红蜡烛越来越短
我的手指也越来越短
一只船搁浅。一只船漂流
一只船沉没。一只船
又从死亡的港湾出发
放飞火焰的光芒

我真的老了
蔚蓝的天空落在肩上
苦难的歌诗
在漆黑中流浪

3

飞翔的雏形
在鸟目里隐现
白雾挡不住太阳的直射
纷纷逃亡
斑斑泪痕的红蜡烛
散发画家忠贞的光芒

红蜡烛在风中舞蹈

船在风中舞蹈
我在风中舞蹈
波浪的律吕在风中魔鬼般舞蹈
你和我在一场飓风的灾难中欢唱

画船的日子
对海的思念越来越重
红蜡烛的火焰
烤熟一双颤抖的手掌

4

我老了。终于越来越老了
在画船的日子里加速地老了

伐倒的大树。削落的枝叶
炉膛的烟火无比安详
铁钉。板斧。长锯
在海滩的开阔地
一群胡子拉碴的铁汉
用缆绳将船只反拖在肩上

红蜡烛在风中舞蹈
炙热的生命在火焰中舞蹈
一只船脱离心脏
在海洋中舞蹈

两只耳朵埋在沙堡里
谛听舞蹈的交响

5

整个冬天。紧闭画室的门
潮水震动悬崖边的小窗

整个冬天。我没有出门
坐在画室里和红蜡烛交谈
和画板上的船只交谈
和远方的大海交谈
斑驳的手指编织远行的想象

海边的石头屋

被海风清洗

石头蕴含的矿藏

被风磨得锃亮

我选择了画室

选择了船

选择了红蜡烛

竟然把青春久久遗忘

6

当你偶然走进黎明的画室

我还没醒来
你拍打我的头颅
呼唤我的名字
无意中惊碎了我的梦

在梦中。我刚刚画好风暴
一只船和风暴搏斗
我听见大海的咆哮
滚回去吧你那荒废的青春
迷离的海的宫殿
原来竟是满目琳琅

你说我枯瘦的身躯
像一根桅杆
支撑向日葵的头颅
红蜡烛在燃烧
太阳在燃烧
大海在燃烧
青春在燃烧
狂热的心不会迷航

7

画船的日子
灰暗的画室一派光亮
我仿佛从地狱回归

却带来大海无穷的力量

头发散乱在海风里
面容枯槁在太阳下
画板飞溅七色的颜料
等待画好的船
就要载着出征的战士远航

红蜡烛越来越短
我的青春越来越短
相思的火焰越烧越旺

夏天即将来临
飓风即将来临
画船的日子多么动人
一支笔。一根命运的巨桨
正在浪花纷飞的海上翱翔

为了纪念

1

每棵树都捧着一把绿叶
担心被秋风无情摘下
时间的碎片
飘落珍惜中的叹息

在你窗口呼喊
听不见回应
我却仿佛看见窗帘背后
你闪动的眼睛

2

你的到来
如青草地上蹦出的小鹿
我惊异自然的美丽
但又生怕鲁莽
使你快速地逃离

生命中精彩的段落
不过是短暂的一瞬
我还不知道如何学会等待

3

如果你不出现在面前就好了
如果你不回头微笑就好了
我应该不会是现在憔悴的模样

黄昏在河滨散步
柳树的根裸露在水中
河流和根在泥土深处相逢
交换神秘的言语

4

你说一个人在一生中
能与十万个人相遇
十万次相遇
也许并不能产生一次奇迹

没有人渴望奇迹
我也不相信奇迹
我只期望平等
期望平等中交互的真实

5

珍惜每一个共同的日子
捧出落满灰尘的吉他
我拂去阴霾的弹奏
不是为了干扰你的宁静
但愿你能捕捉心的浪花
以及飞溅向天空的星辰
因为我的心满是光明

你无须刻意掩饰
本来我就那么愚笨

呐 喊

奔逐的日子驮着沉重的使命
风清数落叶
群峰沉淀千万朵凝固的青莲
历史的背脊是信仰的支柱
擎起剥蚀的云天

鸟群飞舞。芳草萋萋。冬雪飘零
小路上的花朵自娱蜿蜒
河流漂来无主的白帆
时光的指针铰碎远去的波澜
远山的尽头起伏排浪的呐喊
最后都化作一声温柔的轻叹

海滨的葡萄园

1

遥想那年春天。在自由起伏的山野
我吹奏采自田间的麦笛
太阳斑斓的光泽浇灌我
千万只海鸥在空中飞舞
我吹动着封冻的日子渐渐消融
衣角在海滨的山巅飘动,如旗帜伟大的一角
后来我的麦笛被热情地吹破
嘶哑如黄昏萦回的钟声
葡萄园朦胧地展开优雅的面容
招引并聚集着每一只飞散的律吕

燕子年复一年忠实地往返
带来季节的讯息。她的翅膀掠过灰蒙蒙的炊烟
掠过丛林中密布的细雨
我那么渴望迎接她,调试着麦笛应和的曲调
春天的光辉洒满飞翔的道路
人们在田野上辛勤地耕作着
太阳的光芒在风的细胞中横冲直撞

而在山那边,是东海,是我的大海
正翻着滚滚的白浪

2

提着母亲为我编织的竹篮
在山野打草。山坡上开满小花
细碎,温馨,缤纷,我却叫不出她们的名字
但我已经忘却忧伤的故事
忘却可数的白米蹿动在清清的水锅
忘却了我的衣衫上打满深色的补丁

漫山遍野燃烧的花朵是温暖的象征
我也许是大自然一个小小的拾掇者
当草叶和花朵盛满了竹篮
我的心中安放着泥土喧嚷的寓言
阳光热烈。风声清丽。花仙舞蹈
叶片上的露珠早就消失得无踪无影
我只得在清澈的溪流边捧住逝去的时光
手指不断弹飞新鲜的雨滴

归来。打自家的葡萄园边上经过
葡萄树的叶子那么青翠,果子还那么细小
但光洁的园子没有杂草
那时老屋门口空地还逗留热忽的夕光
我自豪地提着鲜润的竹篮

母亲诧异地问:你打的青草呢
撩开花束,篮子里是厚实的葱郁
她微笑着。脸庞是山原上最艳丽的花

3

沿着小石桥向西的田野
就是我家的半亩葡萄园
我在六月的葡萄架下等待翘望
看见母亲从桥上走来
肩膀上扁担的两头有两只木桶在颤动
木桶中的溪水荡漾着蓝色的波声
我远远地在她的步伐中感受沉重
也感受到她的坚定和快乐

海滨的野山储蓄着雨珠
明澈的溪流是山丘的乳汁
我站在葡萄园里,和六月的葡萄站在一起
葡萄叶反射大海和太阳的颜色
蔚蓝地覆盖着丰饶的土地
我看着母亲越来越近
仿佛久别重逢。按捺不住欣喜
她乌黑的头发扎着一根粗大的辫子
红扑扑的脸晃动一轮小太阳
朴素的葫芦瓢一次次挥向干渴的田园
我欢跳着毫不躲避,和葡萄园一道

共同接受爱的洗礼

午后的阳光总是那么强烈
云朵的投影随风漂移
我渴望云朵静止不动
或者在云朵飘过时飘落淋漓的积雨
但我喊不停风,我呼不来雨
只是喜欢在葡萄架边等待母亲
等待她挑着两只木桶
摇晃着从小石桥上向我轻盈地走来

4

锄头握在母亲的手中
我的手中也握着一把小锄头
我学着她一起挥动
有时还调皮地躲在母亲阻隔阳光的影子里
磨砺的锄尖有着刺眼的反光

海滨田园黝黑的泥土中时常夹杂着贝壳
经过多年的清理还有更深的残余
母亲说这里的田野很久以前就是一片海
现在才变成了美丽的葡萄园
我环顾群山。原先都沐浴在海浪中
山上多彩的岩石或许是曾经的珊瑚林

不断挥舞锄头，不断丢却贝壳
葡萄园打理过的泥土变得温润和细腻
葡萄树的影子负载着大地的重量
而我偏好站在母亲的影子里凑着热闹
仿佛在她的影子里
可以寻找太阳和大海的祖先

5

蚯蚓蠕动在黑泥中
每一个暗夜都有星光在梦中飞临
如果有一天，我悄然吐露对大地的爱
请相信板结的土地也会松动

海滨经常有台风的消息
有树木折断房屋倒塌的消息
有葡萄架倾塌葡萄果糜烂在泥水里的消息
无骨的蚯蚓安然无恙
但会在泥土深处轻轻地啜泣

松林的露水还将回归于海洋
那一片蔚蓝的原野飘动耕耘的风帆
飞网撒开彩虹的形状
海上有死去的耕耘者
当你在大海的夜晚
依靠着沉船的桅杆遥望故乡的月亮

我正和你一样
在屋边的空地上追赶萤火虫
或者在打谷场的稻秸堆上数着夜空的星星
我知道其中有一颗就是你
就像海滨葡萄园里一颗晶莹的葡萄

葡萄总在夏风吹拂中成熟
孤单的幼苗已经粗壮地爬上母亲搭好的竹架
如果有一天当我说爱
你不要拒绝。我真实地爱你起伏的山野
爱你田野中的半亩葡萄园
爱你勤劳苦难的汗水和泪水
爱你汗水泪水孕育出的葡萄浑圆且甘甜

1988 年

雕塑者的手之歌

岩石最初的角棱
纷纷瓦解为尘土
经过创造的命脉
重新涌动鲜润的血液
长眼睛的手和长嘴唇的手
无休止地比画
使沉睡的蛮荒醒来
使历史的底座加重
深沉的呼唤从臂弯
一直伸向天空

许多眼睛游掠
从下方到上方
最后望着你的手
戛然而止

玫瑰之歌
——写给母亲兼致我的祖国

母亲：一切都会好的
我要去原野采一朵玫瑰
为你认真地佩戴

我垂下头来
怀念岁月
怀念历史淘洗而出的玫瑰
安放在高山的一只旧陶罐里
安放在平原的一扇窗户下
阳光芬芳
蜜蜂迎风飞来
我掰动手指
拨算记忆的日子
潮水澎湃
黄昏和黎明呵
充满着温馨和热爱

我想象着穿行的足迹
被青苔盘绕

苦楝木下的旧屋

发散着淡淡的光辉

浑浊的河水

注满那只精致的瓷碗

那里有鱼纹图案

还有少女昔日的头巾

在野风里不停地飘卷

我想象着这游子的衣裳

被勤劳的手拾掇缝补

白发苍茫

使我不停地流泪

深沉的热爱泛温

命我把我的手掌

像树根一样

插进这醇厚的泥土内

还有这高山

这穹庐下闪动金光的风雪

这大海

这渗透着盐痕的阔水

陶冶我

像温柔的雨水沐浴小鸟的翅翼

更像风梳着那茂盛的树叶

爱情呵

叮当作响

迷蒙的虫兽

在一支歌谣里酣酣沉睡

于是我想说：这些年来
战争已经过去
贫瘠的日子已经过去
将有常新的太阳为我们照耀
将有我和你
坐在院子里
护理这枝幸存的玫瑰

那么凝视这张脸孔
从苍老转向酡红
河水的淘洗
袒露流失的风采
玫瑰神圣
不可轻易丢失
不可任其枯萎
这枝你头顶上的花呵
还将盛开
而历史千年万年
都将有我为你驻守
有我沉默地为你驻守
还听梦里我的呢喃：
生爱这枝玫瑰
死也爱这枝玫瑰

灰鸽子

你双手扬扬的时刻
天空飞满灰色的鸽子
倒转的土地蠕动漂移的投影

你的双手不停地召唤
最后鸽子还是不断飞远
蝌蚪似的黑点消失在天幕
两只手臂失望地耷拉下来
耳边依稀有着温和的哨鸣

你一直站在原地呆望
哀伤开始爬上你的脸颊
幻想终究不能助力飞翔
冷风漫漫
正在翻过南方的山岗

伐木者之歌

岁月颤抖地呼唤你站到了一株树前
站到一株比你高得多老得多的树前
你是一个矮小的男人
你的手中只有一把工字斧
只有一把在沉默中咬着钢铁牙齿的工字斧
你没有说话。眼睛注视着树好一会儿
风将阵阵叶片吹落于你的肩胛
你知道那是树的恫吓也是树的胆怯
最后你吐一口唾沫抹抹手掌
挥动着那把粗大的工字斧
砍伐沉重的隐蔽了太阳的历史

森林在沉闷的交响中发出回声
野鸟扑棱棱地起飞
痛苦的树剧烈地痉挛
翻飞的树叶不断飘落
一个劲地要将你覆盖
伐木者你依然没有说话
你站着。脚下是古老的土地
是盘萦着错综复杂的根的土地

你挥舞。在肌肉的运动中暴突力量的线条
血管里跳跃着生命扭变的火焰
不折不挠的诅咒和砍伐
让汗水变成了冲刷禁锢堤岸的河流
让青春以一声声雷鸣般的怒吼敲击旧梦

终于大树摇动了
在无奈的悲哀中缓缓倾斜
黑色的血已经流尽
顺山倒的吼叫刺破长空
而伐木者抬起头来
搭手看看高空的太阳
肩上的工字斧无意间反射光芒
炫目刺眼
铄铄飞翔

馈赠之诗

夜中你明亮的眸子
在每一次闪动之间都开放花朵
洒满了旅者的灵魂
虽然窗外是北风凌厉的冬天
但你的微笑如同火焰
燃烧起一片又一片温柔
我太劳累太虚弱了
只有你亲切的声音
如同泉水在我的血管里流动
浪子漫长的旅程啊
蜷缩在车厢一角
望着并不透明的原野和星空
想象你就是那些默默劳作的人民
与我共同远行
从起点站到终点站
穿过无数山脉与河流
穿过无数三分钟五分钟的略略停顿
向着黎明
向着太阳——
那一盏我们公用的永恒之灯

速　度

你大胆地将手指搭在我的脉管上
测试我一杯葡萄酒后的心速
心跳一百多下
饱满活力又显得那般匆促

也许你是真的
涨红的脸在灯光下特别淳朴

我低头不语又憨厚一笑
觉得自己将要迷失
在你的爱情和酒里
我难以驾驭心跳的速度

我不胜酒力
更不胜爱情
请让我独自离开
否则我会沉醉也会迷途

画　展

画展在一个小小的公园
几个未名画家在八月的阳光下
展览自己最初的作品

他们在飘动的画幅边缘徘徊守候
顾盼着一双双行人掠过的眼睛
或许为冷漠而苦恼
也为理解而激动得泪水晶莹

捧着一颗颗诚挚的心
在大地自在的风中展览
磅礴的山川明媚生动
五颜六色的花草在期待中摇摆不定
飞鸟的翅膀因为爱加重了分量
古井中的泉眼波动清凉的流声

废墟上的石头

1

张开手掌。指关节铮铮作响
十指背后是两只躲闪的眼睛
逃离的松鼠与猎豹在林中追逐

在时间衍化的石头上漫想
一只只鸟在天空飞过
睡醒的高原打着呵欠
然后在阳光里跑步或喊叫

我奋不顾身地穿过幽黑的长廊
旧衬衫的衣角揩去额头上的汗滴
偶尔滚落。在泥土中孕育珍珠

2

太阳在空中傲慢地巡游
却从不画地为牢
从海的角落迈向沉没的山岗

林间的露水和晨光相遇
冒出吱吱的水汽。白露化为乌有
却以胜利者自居

庞大的星球早已蚊蝇丛生
一个孩子从围墙跳到草地上
手中举起了喷药玩具
我在石头上小心观察
空洞的理想无济于事
腐化的海水剥蚀坚强的根基
石头在风中来回摇晃

没有生命可以永恒
手掌后飘忽的眼神总是略带恐惧

3

昏黄的港口。上下船熙攘的人流
选择貌似确定的方位
潮湿的脸盘发出油光
泥泞的甲板和闪烁的航标
听见灯塔在风中抽泣

谁在拨动琴弦。远古的河流流进大海
溅起死去的波浪
我试图和废墟告别

将自己埋藏在遥远的山谷
和高粱麦子和稻穗为伴
并在另一个秋天里挥舞旗帜

石头岿然不动
如一块强力吸附的磁铁

4

波流的手掀开大地
血从鼻孔流出
山脉的声音嘶哑
河流的耳朵背聋

我看见一片衰败的荒原
盗走的果实腐烂。空落的树桩
印刻不再绕行的年轮
你我都是过客
画板上黄金树摇落的叶片烧为灰烬

冠冕中的枯井。宫殿下的墓穴
石头宝座上的身影只是一颗滚烫的沙砾

5

用积木搭建命运

太阳和月亮的灯笼被扔在了道旁
倾塌的火焰缓慢熄灭
点不着发霉的野草

星光笼罩。人群飞舞
寻找糜烂的花朵
面孔切割天空
狰狞的手臂相互推搡
传来一阵垂死的喊叫

河流不断地上涨
围住无可逃遁的石头
我举手贴在胸口
虔诚地祈祷
寂寞的石头在废墟中
眺望奔拉的风帆

大海冰封
河流迅速倒回
石头凝固成冰块
我如冰化的雕像
等待春风的消解

河 岸

唱了世界那么古老
又歌唱爱情永远年轻
我从黑夜一直唱到黎明

河流分出了此岸和彼岸
我的青春划着桨橹埋头前行
你在远方眺望我
如眺望一只振翅点水的蜻蜓

天空中传来无限祝福
……最好长久地游弋其中
不可轻易向河岸抵近

雨中盛开的花朵

城市的折叠伞在一场突如其来的雨中集合
如同草地上冒出了一堆五颜六色的蘑菇
看不见伞下人们的面孔
只看见一条被伞覆盖的彩色河流

跳跃旋转的色块燃烧我对爱的记忆
那时我们在一柄伞下
紧张地保持着距离
伞角流落的雨水是滋润心灵的音符
伞和伞的碰撞。快速闪过的背影
雨鞋噼啪的声音响彻遥远的海岸

你现在会在哪一柄伞下呢
在雨中盛开的花朵的河流里
我已经找不到回溯的港口
像一个流浪者蜷缩在雨中张望

只是雨声在伞外盛开着
雨滴在花朵之外盛开着
你在我之外盛开着
我在你之外缓慢地枯萎

动物园

铁栅栏无缘无故地在空地上竖了起来
从四面八方运来的动物忘却了往日的领地
犀利的眼睛在时间的打磨中混沌
拔光牙齿的吼叫是一片漏风的空洞

动物园主总能掌握一套特殊的手腕
他控制着粮食棍棒和锁链
如果时间太久了,即便移去栅栏
那些钢铁的魅影继续环绕在四周
可怜的动物们再也无法飞翔或驰骋

城市变幻组诗

窗台上的鸽子

雨中的一只鸽子
不知从何处飞临
落在我的窗台上
隔着玻璃
我能听见它咕咕的轻唤
我停下手中的笔
凝望着。它有所察觉
也转过头来和我对视

大雨中抖索的鸽子
我应该邀请你
到我温暖的陋室里躲避
当我伸手准备打开窗户
忽然意识到自己的荒唐
善意只能带来你的飞离

我的手臂
瞬间僵硬在半空

错　觉

在广场的一侧
我看见有一只手
频频地向我挥动
那是一只精美柔白的小手
使我的心在呼唤里蹦跳
于是我穿过大街
穿过喇叭自行车红绿灯
还有衣服之间的摩擦
走向那个人

当我大汗淋漓气喘吁吁
我竟看见那人与另一个人
正在一株梧桐树下拥吻

车　上

树叶在后面翩翩起舞
我等车已经等了很久
感到等待的疲倦和困顿
当车门打开
一个个旅客闲散地下车
我才狠命地挤上了阶梯

上一级阶梯

有一个比我略高的人
那人低头看看我
我抬头望望那人
眼睛都很不自在
可有一只手臂
压着我的肩膀很沉
我抬抬肩
那人轻了一些
过了一段时间
压力又不自觉地加重

我只能忍受着
默不作声

雨 中

我站在站牌下等电车
梧桐雨一阵阵很大很密
使我的心发慌发疼
我打着伞
没有注意到站台另一端的你
——一个在雨中叹息的老人

车还没来车还没来
我的目光放向天空

转眼才发现你毫无表情地站着
没有打伞倒还从容
我惊慌失措将伞移过去
你却下意识地站远些
听雨声从上至下叮叮咚咚
我无可奈何
让叹息与雨水一道汹涌

老人啊陌生的老人
此时太阳还不会出来
我的伞为你而独自凌空

三角枫

一株株鲜红的枫树
在梦中变成了一只只火鸟
带给我秋天来临和离去的消息

此时我在南方流浪
三角形的树叶传递命运的空蒙
哀伤的情绪被火焰驱赶得一干二净

我的热爱像云朵一样飘忽
我对爱情只是毫无目的地渴望
三角形的情绪固定不可变更的方向

当道路上的荆棘和飞鸟的羽毛一道焚烧
我还在南方的土地上徘徊
显得那么游离

雨天手记

你埋怨着天气
怎么就下了这么绵长的雨呢
候鸟潮湿的翅膀从窗台掠过

我们并肩站立遥望窗外
你却说下午也许不该来
雨中有几个人模糊的影子
走向遥远的天涯

我不知道回答什么
融洽的空气正在变稠
窗边的一枝新开的紫藤花
沿着墙壁攀缘
在风雨中摇晃

只是我不相信
……你的话会是真的

看天空中那些叛逆的鸟儿

看天空中那些叛逆的鸟儿
穿过黎明前最厚重的黑暗
啼鸣声中布满了流弹的击伤

我沿着光的方向追寻
天空陡然下起豪雨
大地和河流的面孔扭曲
前人的脚印盛开一束束仙人掌

追寻大道小路
肩负群山或羽毛
不是一切天空都已封锁
看那些叛逆的鸟儿四方乱飞
并不在意方向

无所谓目标
无所谓命运的安放
生命只不过是一次次精彩的撞击或翱翔

英雄之歌

在洒下血液的地方
我呼应风的节拍
为自由的草叶鼓掌

历史说这是代价
但我相信
当纪念碑高矗大地
最先迎来的是慷慨的阳光

一个人或一个群体
并不一定能汇成一个海洋
却都能捧着各自炙热的心
涌动在波浪的中央

一支支红烛举着燃烧的旗帜
等待熄灭。等待仆倒
等待把地狱照亮

铜像：写在梅园新村

以铜质的忠诚和永恒在时间的长河里
铸造一座铜像
这座城市的肩头
顿感增添了坚实的重量

我是这座城市的普通居民
来到这里缅怀你：一位历史的巨人
一位在风风雨雨中扛着红旗奔跑的伟人
你迎接我的是你的睿智和宽容的品质
教我的灵魂沐浴于铜像神圣的光芒

我曾歌唱或赞美过大江与钟山
也曾来到宁静的园林默默把你怀念和瞻仰
我曾歌唱古老大地盛产的黄铜
是它的忠诚和永恒铸造了民族的栋梁
虽然你呼吸早已经停止
但铜绝不会衰老
铜绝不会死亡
就像你的精神和风度千古流长

以后我还要在马路上信步漫游
还会在这座城市的梧桐树下歌唱
还要欢笑劳动或写作
也还要站在铜像跟前久久地追思和畅想
铜像呵你不会在任何时候倾斜
你以铜质的忠诚和永恒铸就的
不仅是代表你个性的典型形象
你是泥土中
一颗跳动的心脏
一种不朽的思想

与鹿歌

请你忘却我曾经的日子
猩红的眼睛布满残暴的血
时光倒竖。扣动扳机的手
惊恐于你自由娴静的美丽

请你忘记我狩猎的样子
山野倾倒一片惊呼
你舞动的犄角是春天蓬勃的枝丫
林间迷蒙的影子
放射温和的光芒

我穿行于这个贪婪的星球
却在瞬间幡然醒悟
请让我把枪杆扔在草地上
同你一起去原野上漫步

追　忆

我的手叩击岩石
浪花已经涌来
过去的事情
在河上挂满三角帆
河水却反反复复
听波涛汹涌华丽的乐段

怀念在河流远方
再也没有舟舸航行
太阳醒来的时刻
被许多水波浮起
那一只精美的红气球
在你的指尖上旋转

安　慰

湖泊彻底干涸了
我真想放声大哭
所有的雾障都将化作倾盆大雨

天晴之后到处是美丽的清波

我梦见在积满雨水的土地上奔逐
蝌蚪似的泥浆溅满了我的全身
我畅饮这生命中原始的清芬
愿此热爱的一生鞠躬着劳动

四周苍茫的风
陡然围来高耸的盾牌

遥远的吉他

1

六根琴弦如叶的脉络
在意念中闪光

我沿山谷行走
想象着往事
看天空落下纷繁的微尘
慢慢将你的身躯积满

野风吹动颤抖的山岳
河水远远地流逝
你薄薄的身子在风中摇摆
恰如秋天的蝉翼

而我不言不语
孤独地倾听着琴孔发出的声响

2

流浪的云雀
栖息于花枝和草丛

悄然的痕迹无从辨析

昨夜的露珠
都被风擦干
黎明捧来我印象中的太阳

还有淡黄色的萌芽
簇拥着透亮的梦

你说该走了
晨曦猩红地泼满我的行程

3

一支乐曲那么悠远
我的脚印刻成了一枚枚印章

我悄然拥抱风
大地上长满自由的花草

你的梦之外
尽是潇洒的雨声

4

无尽绵延的水藻
挂满你的身体

你闭口不言
岁月闪动斑驳的花纹
一只舟舸
蚱蜢似的跳跃
桥在河上倾斜

手指在琴弦上伸展
月光曼舞
如湖中的水波徜徉

5

山峦起伏
在薄暮的海湾

只有那里才有称心的风景
才有优美的剧照
才有青春的风姿飞扬

那么就让这琴弦诉说忧伤
往事像回倒的连续剧
慢慢播放

往事如风
很快将我们吹向遥远

东方河流的颂歌

1

大地隐约在一个多雾的早晨
河流从高原磅礴落下
记忆里的少年有蓝天的底片
在涛波的冲洗中逐渐明晰

我沿着河岸攀缘行走
河流上不断涌来飘落的花瓣
树叶的尸体在昨夜的流水中糜烂
牧歌和竹笛依然响动在遥远的村庄

大地的顶峰是威严的雪山
雪莲的火焰如一只只伤口紧贴石壁
冰雪融化的声音十分清脆
乡村孩子们的纸船五颜六色
树林密集地抓起一把把鸟鸣抛向天空

我拥抱着河流的热血和祝福
那些浪花像旷野中盛开的达子香格桑花

冬末河流汹涌刺骨的冰冷
波涛的刀片切割黑漆的礁岩
但我在这样的波动中心花怒放

2

我所热爱的人们啊
在那些连续的漆黑的夜里
我瞳仁中两滴泪珠在吱吱燃烧

窗外是在睡梦中打起鼾声的大地
我看见河流沿线的野山起伏
月亮被天狗衔走
唯有星星像补丁缝合苍天的破漏

我诞生在一个无名的山谷
山谷的腹部涌动无穷的精血
喜鹊的尖嘴叼着筑巢的枯枝
倾斜的炊烟在山原上飘摇
那里的女人用丰富的乳汁喂养我
那里的女人以粗糙的手掌抚摸我
那里的女人面孔黝黑辫子很长
那里的女人嘴唇很厚并习惯于沉默
在麦地上挥动镰刀
在深山里收获松果
……她不就是我的母亲吗

而那个在山谷弯腰耕耘的男人
那个匍匐于麦地里戴着草帽
抵挡阳光直射而劳作的男人
那个冬天穿着一件破棉袄
在河流中张网捕鱼的男人
……他不就是我的父亲吗

一辈子困守在大山里的父亲和母亲
无数次叮嘱我去看看外面的世界
所以我在河流边的村庄向往大海
但我的出发不是为了寻找诺亚方舟
我的到来只是一个年轻水手的汇入
大海飞散的海水一定很咸很苦
但足以让我回味一生

3

沿着粗犷的高原
树林像魔鬼幽黑的披风
守林人的小屋在风中安坐
但我在那里认识了坚贞的白桦树
认识了奔跑怒啸的虎豹

荒原上的劳动者并不是被刻意放逐的
那里是鹰的故乡
是召唤开拓者的神圣领地

我看见梭梭柴和芨芨草顽强地讴歌

我听见驼铃在沙脊上蜿蜒行进

贫瘠的大地萌发我肥沃的情怀

我在那片大地上寻找自己的丰碑

真诚和善良是人类通用的语言

我所碰到的人群都闪耀一颗颗善良真诚的心

我所经过的田野何其芬芳

阳光何其灿烂

果实繁硕的颜色在光合作用中逐渐变深

夜空下荒野上燃烧的篝火

像风中响动花朵的铃铛

爱情或许流离失所

但我从来不曾灰心

请将我的声音带向四面八方吧

在那些曾经穿过的土地

人民和我时刻相逢

就像在河流中我把手伸向流水

浪花涌动如人群的低语

山峰使我沉重，波浪使我开放

我在河流中逆流而上

我在原野上策马而飞

行走而永不停顿

终有一天我会拖着疲惫的身子从远方回来

归卧在故乡坚硬的石头屋中
我的烟头明灭在河流撞击的黑夜
我的苍老只不过是一个游子思乡的见证
命运没有办法击败我
在我的胸腔中永远是大海热烈的轰鸣

4

溶解的水滴倒悬,返照天空
风化的雪岭不断被雨水侵蚀
夹带的沙子淤积隆起的高原
昏黄的河水夹杂乡村低沉的哭泣
姐妹的红纱巾飘闪在枣树林中
而春天的油菜花从遥远的南方赶往空气稀薄的高原
那是自然的赏赐。风景在云海中飘忽
当萤火虫点亮童年的记忆
我更能够感受到河流源头的重量

土地延伸甲骨文的沧桑
在岁月之刀的雕刻中长出庄稼
长出勤劳朴实的人民
太阳钟蕊发出的绚烂光芒下
航行者浮动艰辛的影子
田野的低吟纤夫的号子水手的歌谣
还有粗犷的山歌和采茶女的曲调
纷至沓来,像潮水涌出

河滩上一块块光滑的鹅卵石
和破碎的陶片被遗忘的碑刻一起
陈列在堤岸上

让我和河流一起奔腾吧
苍鹰和云雀在天宇的不同高度唱歌
它们张舞翅膀寻找各自的巢穴
驮载过李白的白鹿从我面前掠过
屈原的香草依然传递芬芳
穿行的舟子是一只只跳跃的蚱蜢
忠诚的树木成片簇拥在浅滩
两岸金黄的稻穗摇动。红高粱如火
山地上纷披酒醉的波浪
而记忆的风雪凛冽
狂吼的涛声叛逆
最后都消融于乡村一盏温柔的灯火
倾听那一声声等待主人回家的犬吠

5

漫天的江歌时而舒缓时而激越
在岁月的河床上坦荡
当黎明的鸟声如一粒粒珍珠滴落于天空的巨盘
我的心痴迷于天籁的安谧
请别问我将往何处而去
苏醒的酒杯呈现不同的形状

我扬起的嘴唇正迎接着坠落的甘露

当沉淀的泥沙不断堆积
当浓郁丰富的植物和沙土聚起江心之洲
当河流与海洋交合中的三角洲不断前移
我才开始倾听江河与大海汇集的悲壮
当长城的曲线验证山脉的走向
当一面面布满弹孔的旗帜透露星星的消息
当飞鸟的羽毛在飞行中退化和新生
当河岸的一排排老柳树弯曲桀骜的树根
当礁石长满了锐利的牙齿咬紧河流的心脏
我起来歌唱劳动者歌唱祈福的人群
我始终爱着这一片大地
和河流一道穿过那盘古开辟的疆域
穿过大禹留下的脚印
穿过半坡氏族，穿过阡陌相交的井田
穿过山寺消瘦的钟声
穿过一声声召唤冲锋的号角
穿过古战场早已偃息的烽火
泥土孕育的五谷在风中传来阵阵浓香

6

东方是神灵汇聚众生普度的国度
我感触着它的深邃朦胧和透明
河流的光辉幻念成飞龙

它盘绕天柱而鳞甲闪亮

我黑夜中的两只眼睛
像空中提携的两只灯笼照亮四野
照亮匍匐在母亲乳房上吮吸的婴儿
也照亮情人在爱中起伏的波浪

那些逝去的经卷，虚实难甄的神话
那些智慧的语言，闪烁在各个峰顶的佛光
还有在月亮上伐木的吴刚
桂花所酿的酒液。陶罐上少女婀娜的曲线
飞翔的反弹琵琶。彩盆中可爱的游鱼
雨巷中蹒跚而来的雨伞和丁香
一片一片山脉。一垄一垄梯田
一丛一丛树木。一个一个村庄
河流的每一个段落啊
都剪辑成了奇妙的连续剧
在我的心中缓慢播放

7

又是一个天色将暗的黄昏
山林蠕动一群群野兽
浪花在悬崖下凄婉地歌唱
我坐在山坡上那一块凸出的岩石上感受风寒
冬天命运之神的脚步正在悄悄逼近

每一次苍老的凝眸
水波在指缝间轻易地流失
我怀念着黎明一束束红日的光芒
在公鸡摇动的花冠上祈祷漂泊的爱情

我的眼角不知不觉滋生一道道皱纹
拉紧了岁月的缰绳
田园上有喘息的老牛
河岸上有倾斜的纤夫
一支快要烧到指头的香烟冒出灼灼的火星

不是苦难的一切就可以摧毁一个人
我打捞沉船,寻找隐藏在河滩的蚌壳
我像行者天马般穿越
衣袂飘飘头发蓬松
我被命运压迫着
却为天空张开逆风飞扬的青春

我的脊背上是万里青山千里江河
我的心中是北国的风雪南方的雨瀑
或许我会向往那都市的繁华
一张张湿漉漉的面孔在霓虹灯下麻木地穿行
也许我还会在城市的一角捧着一把吉他
圆圆的琴孔紧绷岁月的神经
从河流上诞生的长满老茧的手指
依然拨弄琴弦而放声高歌

……我捧着一把破吉他
如捧着一颗在河流上破碎流浪的心

8

你的窗子还关闭着
像一个无语的句号
四处蔓延的野藤不知何时爬满台阶
无名的河岸长满芦苇
我固执地斜靠着一棵黄桷树
想象你一歪一斜挑着两只水桶的背影

我始终怀念你两条粗大的辫子
在风中缠满了岁月的尘土
乱石穿空。河流上搁浅的木舟
又一次次被春水所召唤

请你告诉我一根扁担上的负荷
如何跨过山路的暗夜
土窑洞的煤油灯点燃着大地的相思
涛声在我的意念中焦灼
请你告诉我美丽的背影如何变得模糊
如何在生活的摧残下变得佝偻
夸父的拐杖已经变成了桃林
我却想采摘一朵桃花斜插在你的发髻

只有心中那一片原野披覆璀璨的颜色
洪水中滚落蹦跳的石头
风化了额角的黄土高坡等待一次次盛大的雨水
却又恐惧雨季冲落自然的眼泪
那眼泪中噙满了痛苦的黄沙

9

当薄雾中的河流变得温柔
波涛像母亲的嘱咐情人的絮语
当我从夜晚中醒来
从梦的行走和现实的期待中醒来
我才知道我是那么的热爱这片大地
热爱这条东方的河流
热爱东方的国度和人民
我诞生在这里成长在这里
最后我还要死在这里埋葬在这里
一棵树从幼苗长成参天大树
奉献春天的花朵夏天的浓荫秋天的果实冬天的坚强
我的每一片叶子都闪亮赞美和感谢
我的每一只飞鸟都啼鸣欢乐和吉祥

我热爱东方的河流并始终和人群在一起
象牙般瓷实的土地以及钢铁般坚硬的岩石
铸就我粗放朴实的性格
山川的灵气滋养我心灵的清豁

我热爱河流古老的岁月
我热爱大地创新的历史
热爱缥缈的脱离于河床在天空中飞舞的巨龙
我热爱河流一切困苦的迂回
热爱苦难中的坚贞不屈
热爱在每一个早晨
如一轮新临的红日为你纵情歌唱

寄语北上友人

薄薄的曙色竟是我们别离的风景
站台弥散着接踵而至的雾
自我们眼睛里闪过的是双双陌生的眼睛

毕竟是冬天。我们都保持着沉默
生怕言语也被凝成一块块不会融化的冰
仅仅在心里唠叨的是你将北上
北上至一块陌生的土地
远方将收揽你一缕来自南国的炽情
天空推开一叶太阳的眸子
我们都听到了豁然明亮的声音

是列车即将启动的时刻
有铁轨等待着摩擦的旅程
只愿有好风雪洗礼你男儿的血气
只愿有一片博大的原野
教你韧性的犁在那里
作艰辛而又欢乐的耕耘

我跟随你北上的视线长满了友谊的属望与叮咛

致一位歌手

但愿有一天
潮水拍击船舷
你在波动的船上握着自己的心
向每一带海湾歌唱
风暴已不能掩盖你的歌了
你在歌的流动中
放飞一片片轻盈的旋律

只要心儿不老
歌儿便不会老去
你雄浑的声音
必将穿过所有的岩石与罗网
召唤起湖滨的天鹅
天空呵也抛出了一条七色的彩虹
垂挂在一个流浪者肩上

巨 灵

1

坐在一块安稳的陆地上
眺望波涛起伏的大海
就像远离的游子回到故乡亲切的怀抱
阳光的叶子为我打造一顶粗糙的草帽
漫长的海岸收留我隐约的相思和追问

自由的海水环绕着所有的岛屿
浪花的吻印布满热乎的全身
在陆地上,我是一个微小的生命
但我能够感受到你的召唤
就像用无休止的涛声阻隔逃避的心音

鸥鸟飘落的羽毛在波浪中漂浮
聚集的鱼群在礁石缝中穿梭
而我感受到爱正悄悄来临
我将发烫的脸颊深埋在蓝色的海水中
沉默便是最美好的歌唱
灵魂的窗子一扇一扇洞开光明

青春的眼睛荡漾明丽的流波
我知道终有一天会在你的怀抱中沉醉

2

我早已不是一块模糊历史的化石
愿意在封闭的玻璃窗中展览
我在漫长的海岸推着太阳阔步行走
是为了获得海的力量
然后在和你呼应的瞬间一同歌唱

在海岸，我那么渴望咆哮
沿着常青藤般扭曲的山路攀缘奔跑
更多时候我又像星星一般无语
学习大海一样的博大和深沉

3

波涛翻滚。浪花喷溅。群鸟飞翔
你的魔力无所不在
使我神不知鬼不觉中一次次光临大海
坐在安静的陆地上向你叙说爱情

太阳的光辉穿透森林的囚牢
万顷玫瑰园在蔚蓝的海洋上开放
新兴的港湾上停泊着一艘艘彩色的帆船

但没有其他偶像可以代替大海
在我的心中，只有你能粗犷地回应我温柔的梦想

我坐在海岸，坐在陆地上
反复等待你。等待另一个孤独的思想的巨灵
你将和我一道与大海化为一体
为了守候，我变得衰老和憔悴

天涯经过了多少匆匆的行客
只是我愿意安静地接受这生命的苦旅
没有数着脚印的落叶而哀怨叹息

4

波浪飞跃的声响呼唤春天
许多人将会如灰烬一样消匿
河流像无数条血管通向大海的心脏
我感受心脏搏动的速率
并与海浪一起鼓掌

矗立着铜像和雕塑的海岸被潮水冲击
或许有一天铜像终会腐烂雕塑终会瓦解
当欲望的海浪层层退后
海滩上无数的碎片依然只留下了忠诚

我歌唱大海。我等待巨灵

太阳永无休止地燃烧
波涛中张望的头颅如一只漂流瓶自由浮动
当我穿过山风村落以及松软的沙滩
一个漂泊的歌手握紧一只空空的酒杯
等待着和你的碰撞
你的脚步响遏行云
天空蔚蓝的镜子跌入了万丈古井

云雀之歌

你在玫瑰色的早晨飞来
翅膀驮着一片云霓
喷薄的爱情吹动草叶
地上摇晃飒爽的生机

我低头寻找你的脚印
你却未曾留下印痕丝缕
超越自我的吸引
使你在空中高蹈鸣啼

云雀不是地上的鸟儿
它居住在云层深处
一朵朵云潇洒飘过
滑落的声音甘霖般甜蜜

古战场之歌

我穿行于古战场那些打捞沉船般的日子
生锈的剑戈重新展览在阳光下
发出熠熠的青光
马尸连同蹄壳一同腐烂
岁月在流逝中昏昏沉沉

遥想一个苍白的寒夜
在女人的惊梦里
男人披着盔甲驰骋
夜半三更。北风呼啸。月光冰冷
一串串嚎叫在边关回荡
火把铜号。钢枪白马
一排排倒下一排排奋起
火光中辗转忧伤雄浑的歌声

而正是那时。婴儿在母亲的怀抱里睡得很熟
慈爱的谣曲多么轻柔
白杨树忽然被风折断
星星摇摇欲坠
古战场上布满阴冷的刀光剑影

可现在一切似乎很美
阳光灿烂地沐浴着三叶草和紫丁香
发掘出来的断箭和盔甲排放在脚边
汹涌压抑的血腥
我却看到天空下的婴儿
在父亲的胡茬下笑得很痒
我看到原野上奔跑的少年手中
紧握着母亲为他糊制的风筝

自古以来。对侵略总有抵御和抗争
对侮辱总有锋芒的刀剑
对铁蹄总有紧咬的牙齿和愤怒的索绳
古战场就这样存在着
向人们昭示不朽的古国军魂
大地的颜色因为一种养料而变得愈来愈深

在一条河上所唱的歌

1

是谁在向我招手呢
天空中的太阳很刺眼
毒辣的光芒在胸口跳舞
水已升腾为云
我却拼命地喊叫
呼唤那汹涌咆哮的河

沿着通往大河的道路
我感触到命运的困顿
正午呵我是逆风的苍鹰
在太阳的巨爪中高歌
灿烂的光芒裹着一个黑影
被箭猛烈地击落

你能听见我的呼唤吗
河流鼓动着昏黄的水波
但我依然被神秘的力量隔开
庞大的磁场牵引我不能挣脱

2

我的船早已丢了
就像居室里的画
沉默在灰尘爬满的角落
河流哗哗东去
并不澄明的液体
卷起许多吞没船只的漩涡

那么我就放下一只漂流瓶
瓶内与瓶外的世界互不融合
五千里苍茫的路程
在这瓶子的岁月中自由颠簸
或许搁浅　或许被水草缠绕
你将发现里面的祈祷与祝福
才是灵魂中最诚挚的诗歌

水手呵我的水手
河上的悠长使我想起风暴
高悬的八月又使我想起激流
黑暗中波动光明清澈的心
正被一双神奇的手紧握

3

少女的花头巾

在风中飞扬
多少年来　生命与死亡
就像这旗帜热烈地
为自己所爱的人唱起情歌

老母亲又在土窑里点亮昏黄的油灯
花白的头发　在记忆中闪耀
一双苍老的手举着灯
攀缘着从泥地上走过
多少年来　恨与爱
就像这盏永不凋零枯萎的灯
苦难的光辉里
也充满着慈爱与柔和

而在河与舟之间
我早就化为鳞光闪闪的神鱼
在被扭曲的虚幻和现实之间
负重爱和信仰
向未知的终极奋力地穿游

四 月

风的琴弦在窗外的林中婆娑
昂扬的律吕催生一片片阔大的叶子
叶子摩挲着我发烫的脸颊

冷不防。我陡然转过身来
给招惹我的四月天空以一个响吻

曼陀罗之歌

我牵起你不绝的铃声
走向开阔的四面八方
在石头都要沉睡的日子里
铺一条条小路密集成网
金黄的曼陀罗,你会忘记我吗
你的一支歌衔在我的嘴唇上

我握着你四月激越的铃铛
如握着爱情的格言节日的献词
耳畔旋转和风
额角洒满自由的阳光
金黄的曼陀罗,你在我的心中荡来荡去
召唤一切幽暗的深壑灿然开放

金黄的曼陀罗,在我的世界内外
你串联四月青春的回忆
沿着大路小路
歌声飞过牢狱和门窗
我看你固守着一个燃烧的信念

使每一个陈旧的日子盎然醒来
我真诚的爱呵
必将随你一道穿越地老天荒

护岸之歌

自从土地的腹内涌动喧嚣的河流
我就看见河流的腹内航行灿烂的帆
我就看见河流的两岸生长着稻穗和高粱

自从河流的两岸生长着高粱和稻穗
我就看见农夫在土地之上辛勤地劳作
我就看见他们弓形的脊背散发汗珠金黄的光芒

自从我在河边认识了自由的波涛
我也看见那波涛变幻莫测
不时用巨嘴残暴地吞食着劳动者梦寐的芳香

自从我获得了一种使命
用自己的身躯在两岸筑起不朽的护栏
让手臂与手臂紧紧相连
让胸膛和胸膛在相互拥抱中汲取伟大的力量

我的歌声呵
便在浪涛中四处飞扬

自从土地的腹内涌动喧嚣的河流
自从河流的两岸有生命之树成长
自从叛逆的河流一次次残暴地撞击大地

我至今没有后悔过叹息过
痛苦的爱紧紧地拴在我破碎的心上

自从我的水下抛石是千万个巨锚
定住了水魔搅乱的殿堂
自从我的沉排如片片坚韧的绫网
缠住了波浪罪恶的手掌

自从我那长长的护坡带啊
在太阳的辐射之下熠熠发光

我的灵魂在欢乐的天空御风翱翔

所以我终于看见我的牛栏菩提树和三叶草
在稻穗的芒尖上眺望
两岸的草地柳树和桃林为我飘动彩色的絮语和歌唱

所以我终于看见我的乡亲父老
在肥沃的土地上播割奔忙
还有那一支支牛背上的芦笛
将我带回美好的故乡

自从土地的腹内涌动喧嚣的河流
自从河流的波涛不断侵吞劳动者的心血
自从我获得了一种神圣的使命

我矜持而沉重
我谨慎而刚强

反抗七月八月和九月汹涌的河水啊
我已经成为大地防止摧残的伟大屏障

挽歌集

（献给我的父亲）

道　别

那里的土地再也无法让你停留
那里的稻穗再也不愿接受你的汗水
天空中的星很高如召唤
波浪的花冠摇动
山洪喧嚣落叶飘零
杜鹃鸟的歌声从三月倾泻到秋深

我愿追随你却被轻风击回
沧海摇滚波涛怒吼
你再也听不见我归来时的号哭
即便你听见
你已不可能回来

旅途回忆

白色花
在雾中晃动

在城外

我漫不经心地
与兄长高谈
避免涉及你的事情
蜗牛沿着水沟爬
罂粟闪耀
如夕阳的血滴

平原之上
有成群的湖泊
它们生锈的眼角
在太阳的反射下
泪光
熠熠

头 颅

花瓣被岁月无情的流水带走
忧郁漫漫,淹没你的头颅
你的两只耳朵习惯于沉入水底
倾听岸上送别的骊歌

我想以最快的速度
去捡起水面残存的阳光
铮黄的水蛭光速逃离

你的头颅在暗夜中跌宕

一只被蒙住眼睛的漂流瓶
被水波恩宠着四处漫游
大地的心脏失去引擎
树木舞动的手臂
瞬间风化为狰狞的枯枝

梦中的怀念

梦像一只手,搔我的头发
还有发红的耳朵
那里的蜜蜂在田野之上翻飞
油菜花金黄……灿烂的光芒
绽开一片骊歌

我已经睡去了吗
梦中我问自己
寒冷的月亮滴落狐狸似的火
云大片大片地燃烧。温柔的声音响起
是不是你在梦里唤我
大海依然在枕侧
指尖旋转发光的金舵
海洋安然。浪花如故。油黄色的岸延伸
孤岛像黑鸟
松枝和椰林像翅翼
波浪平静
泊一只叶状的舟舸

低语： 关于一支歌

南京兴隆洲长江堵汊工程工地的傍晚
面北的小屋
糊纸破漏的窗口
开一朵红荷
红荷挺挺
水杉树摇动
河流的岸上
暴露根部坚实的
老柳

此时我坐在窗下
看南飞之鸟
啁啁啾啾
枝影横斜里
被雾时击落
击落
听夕阳的破吉他哀伤地吟哦：
为何在我最需要你的时刻
牵不到你的手

时光还有你我

山坡上的竹林已经枯黄

唢呐就在我的耳边吹奏
正三圈逆三圈
石板块叠垒的房子
大门即将关闭
鲜花在怀中枯萎飘落

此时你在那里呵
近在咫尺
我却要沿着高山追逐
遁化成一片流泪的云朵
鱼儿游戏于弯曲的溪水
面向东方的山野没有阴影
黄塬沉重的压力
仿佛堵在我的心口
田野阳光依然灿烂
东方起伏的山峦呵
永远清灵明秀

重　逢

只有黄昏的颜色
涂在你我脸上
长街似弦。梧桐叶金黄
落满美丽的晚霞
我听见你的忧郁
感觉蟋蟀的目光

照耀使我迷醉
看手表的指针转动
孤独地嘀嘀嗒嗒

行人匆匆忙忙
华灯在指缝间变幻
车辆紧按烦躁的喇叭
你也匆忙穿过
环顾谣曲
夜鸟轻巧地落下
友爱惺忪如梦
街口的我脸庞模糊
开一朵喜悦的花

1971 年： 阳光下的早晨

回忆阳光下的早晨
向东的屋门被风打开
水缸挑满深井的净水
大樟树在后山的路口飘散清香

你握着我的头颅
为我重洗我刚洗好的脸盘
如同握着秋天的文旦果子
圆润而饱满

暴力注满脸颊
我甚至喘不过气来
反叛地挣扎
冬日的薄霜爬上苦楝树干
最后的树叶挂在枝尖

我贪婪地吮吸一生中的甘霖
仿佛头颅还在你的手中
在爱的轮盘上旋转

如　梦

穿过一段可以回溯的河流
你站在山丘上
如一颗闪耀的启明星

山峰和山谷
串起你我的脚印
阳光下的稻束
在田野上爆炸
粒粒剥落
红豆滴血的晶莹

印象 A

怀念三月或者十一月

你微笑着从我的背后走来
用粗大的手围住我的一双眼睛
你静静地不出声
但我熟悉你的呼吸
但我熟悉你走过的声音
我佯作不知道
在土地上旋转
谁呀谁呀呼唤个不停

我是你二十年来的小兄弟
丘陵上的麦穗因你的热度
爆裂金子的声音
我同你一起走路
总不怕荆棘
总不怕豺狼的围攻……星星那般明亮
而今为何不见你的双手
再一次蒙住我的眼睛

印象 B：回忆 1973 年

你从土地上归来
肩上的锄头因为磨砺而薄晰
散发着新铮的光亮
家里弥漫特殊的糊香

我蹲在黑色的灶边，脸上沾满泥灰

一双眼睛乌黑如同游离的花朵
在你的视野里开放
你问我为什么而哭
我来不及回答已禁不住泪水乱淌

你沉默了许久才将锄头放下
土地微微惊栗
小木屋在锄头的尖角上安放
你打开锅盖
一颗颗白米焦黄
这是家中最后的四两米了
这是我第一次蹲在灶边
你却笑了笑,将我搂得很紧
"原来你在玩炒米花样"

红光照相馆

红光照相馆在竹林边
开一扇小窗曝光
我还能听到黑色的声音
飞来飞去
带着光明的翅膀
我曾经跟你穿过丘陵
走向诚实的人群
在我的记忆里
呈现出一个个明亮的肖像

红光照相馆在旧屋内
人们的微笑相继洗出
浪花翻卷礁石锋利
一支蜡梅花倚石开放
那上面还印出一个衣衫褴褛的孩子
凝眸怀念
静听山那边透明的波浪

探　望

探望者翻山越岭
北风吹得他颤抖
你在田野边的房子内反思
苦楝树的果子落进小溪
我分不清东西南北
拎着竹篾编成的篮子
冬天的寒风灌满我的心窝

一个高大的人在门边呼喝
恐惧斜视着太阳投下的杂影
在门前的空地上斑驳
山地上的苜蓿还没有开花呵
那些细小的黄色花儿
恰如你所梦见的点滴温柔

忍受磨难

我穿行于你暂时的居所
野草摇动使我欲歌未歌

泥石流

歌者的手臂在你死亡的陷阱边舞蹈
百花盛开。丧钟敲响
我独坐在天地间体察四方的风
游荡的孤魂发出凄厉的哀响

一只倾斜的风筝
掉落在树杈上
留下了哀悼的竹架
命运的乌云汇聚
挤出一道强大的闪电
一条清澈的溪流
忽然变成奔涌的泥石流
淹没了一座安静的村庄

一句话

平原尽头有响亮的鸽哨
山地里孕育饱满的红番薯
你说你将努力托起我们的成长
我永生感谢这句话
想起时仿佛看见你缓缓伸来双手

拥抱曙光
风筝自平地飞起
城市的肩头
砌筑四方盒子精美的吟唱

还会有这样的时刻吗
让我们坐在你的赞美里进步
与梦想

共同的沙堡

在海边。我们一起劳动
我的心像浪花一样洁白
你的心洁白如翻滚的浪花
沙堡是一座童话中的居所

我们要在沙堡里居住
窗子在海风中飘摇
大海的涛声隐约
此起彼伏

沙堡还是被波浪无情带走
当我在梦中醒来喊你
你在海上消失
沙滩光滑如一段绸布
没留下一丝往日的消息

竹林下

冬夜的竹林摇动暗枝
陈旧的落叶掉在屋顶唱歌
老屋的煤油灯跳跃光晕
春天在干裂的手掌中婆娑

你肯定还滞留在故乡的窗下
风中稀疏的头发招摇
像萤火虫般飘忽
越过塌陷的山河

围墙的石头发烫
屋顶的瓦砾颤抖
所谓的星光
只不过是一场盛大的鬼火

传　说

居住在山洞里的人
总会不安地交谈
路人听不见
初春已来
风筝上天
我在山野割草

覆盆子宝石般闪现

草篮子空空如也
雪后的泥泞刻画我的脚印
我的心空空如也
想象传说中的苦难
你应该快要回来了吧
我清数残损的日历
等待你。一天又一天

橘 地

锄头敲打山地
迸溅澎湃的力量
背影使日月摇曳
道路在秋天里
膜拜金黄

那时。你说十年以后
你会在橘地里砌筑小屋
防止他人采摘
可以在秋天瞭望
梦幻中的橘子像一颗颗太阳
在窗前发光

现在。你已经住下

窗外就是你的橘子林
溪流在前滩经过
山雀纷飞
一个捡拾鹅卵石的孩子穿过流水
溅起惊喜的光芒

早 行

在你之后。海边
有一座冰冷的雕塑
默默无言
老水手已死
海上帆行
我听见潮汐到来的声音

渔汛如期而至
长风赶在路上
我却用泪珠画画
画一个老水手的嘴唇
发着幽光

我相信你的预言
行走不会停止
双脚踢出喷薄的黎明

山海之旅

走过那山便是辽远的海
我的竹箩在肩上飘摇
走过那山便是辽远的海
太阳在你的发梢上鼓荡
山呵：层林叠秀松涛阵阵野鸟斜飞
露珠从细细的叶尖落在我的嘴唇上
纵然千丈万仞险峻陡峭
我不曾惧怕和畏惧
因为助我有你壮实的肩膀

走过那山便是辽远的海
日暮卧伏于山顶望着我微笑
走过那山便是辽远的海
你破旧的衣衫如鸟呼啦啦飞翔
海呵：浪花闪烁渔舟航行
涛浪复沓远远传来召唤我的向往
纵然滩涂沾满泥泞礁石林立
我将在海的怀抱里永恒地嬉逐
因为握我有你充满力量的手掌

感激的歌

山峰在海洋干涸之后耸立
青鸟在云朵消逝之后飞翔

风筝在台风袭击之后放出
诗歌在摈弃失望之后歌唱
芽笋在雪地消融之后萌发
花冠在苦难的灵魂里安放

我穿行在冬日的原野
太阳的铜钹闪烁阵阵光芒
我穿行在森林和河川
小鹿奔跃　玫瑰花绽开
露珠于土地的花瓣上闪亮
我穿行于海岸
潮汐的风景秀美
七色帆招展
望海者独坐于岩石
渔人穿过泥涂的脚步
在黝黑的梦幻里沓沓乱响
大海的岸边落满初雪
花萼开满手掌。涉海者握一根柳枝
波涛湍急却使我心花怒放

将永远记住往事
有草叶在洗耳恭听
风暴遥远
海上的沉船飘来旧日的炊烟
苦楝花站立
马尾巴草蓬勃生长

婴儿的哭声甜蜜
山峦的狂笑充满悲怆

但愿百年以后还是这样相见
白头精神
黛发飘扬
你捧着我的头颅
我捧着你的头颅
互相端详

沿着海岸行走

沿着海岸行走
大海折叠的柔情
在涛声之外缠绵
微扬的风吹动乱发的忧伤

辽远的大陆。漫长的生命线
每一个温暖的港湾
都拥抱着日日夜夜
那些渔夫那些水手
那些沉默的劳动者
在热爱的土地上歌唱

沿着海岸行走
呼啸的排浪
吟诵着不朽的诗章
沙滩松软得像绒毯
那是母亲博爱的胸膛

辽远的大陆。自由的黄金曲线
描绘着沉积的历史

精美的风景如诗如画
弹性的舌头赞美天空
潮声有节奏地涨落
双手一次又一次捧出鲜红的太阳

打捞沉船的人们

打捞沉船的人们
像风从我身边走过
他们的牙齿很白
他们的面孔很黑
他们沉默着没有语言

台风已经远去
波涛的罪恶使大海开满花圈
勇敢的灵魂遨游
桅杆断折
他们执着香烟的手指
也在苦难中冒烟

打捞沉船的人们
像风一样从我身边掠过
他们不发一声
烟头一闪一亮
粗糙的脸孔岩石般地
融入了面向海洋的群山

一百年来的天空

(纪念《诗歌报》百期之旅)

我偶尔抬头　看天空
看　一百年来的天空中
迈动鹰翅和人脚　还有苦难中坚毅发光的脸
一只鹰或一群人
举着树枝　托住我不放
我就在这一百年来的天空下
行走或静坐　看从父亲走到我自己
走在脚步挑拨的灰尘中
纪念诞生　甚至死亡
石头顽固不化　水中蹿越火焰
长风里漫天是耀眼的星光

自度曲

如果我爱你
我是天空中一朵漂泊的云
你是地面上遥望我的倩影

如果我爱你
我是河上一只流浪的船
你是岸上呼唤着我的行人

云睡在风中
船睡在河里
你是点缀我生命的一颗星星
我是你茫茫人海中的一个知音

不必拥抱
只需脉脉含情

回　答

如果有一天我离你远去
请不要怀疑我的爱情
我曾经深深地为之沉醉
东流的大海簇拥灿烂的晨光

就像清晨的露珠在太阳的辐射下消失
像秋天的红叶完成曲线飞翔
像沉船将诺言带回沧海的底层
又像落日在山顶上徘徊
展示雄浑的歌唱

时间凝固在记忆的胶片里
是我深情的微笑
荡漾的杯盏盛满青春的张狂
忧伤的泪水绝不垂向土地
只有心在泥土中筑巢
留下我几多年少的怀想

我们曾经共同在秋的枝顶上燃烧
在雪地里做梦，在分别的夏日咀嚼创伤

又在重逢的季节把思念一饮而光
我不说遗憾和后悔
也永远不信梦的消失和破碎
在岁月的千疮百孔中啜饮爱的琼浆

如果有一天我离你远去
不要怀疑我对你的爱情
我背负着大地的祝福走向风雪和远方
请不要忧伤也不必叹息
愿你将我最初纯净的笑容
扛在你温暖的肩上

红枫林

我听见红枫林间血液哗哗
流过大地流过树的根部
夕阳或火焰撕作一片片红绸
在我的头顶上自由飘拂

谁也不能拒绝秋天寒冷但洁白的霜打
唯红心飞到秋的枝尖上旋舞
在这个沉重而又壮丽的国度
我反复把灵魂之曲由衷地倾吐

行走在燃烧的红枫林中间
我听见大地在秋意里躁动
心中漫长的期待和积淀
不知何时能够得以兑付

那么就让我成为山野中的红枫一株
满山的秋色中有一把不灭的火炬
恰如我蓬勃的青春和奔涌的热血
灼烧脚下这片深情的泥土

大风口

空中碰撞赛跑的石头
山脉插上乱舞的羽毛
大风口奔涌的洪流
撞开了两座高山间堵塞的通道

只有大风才能高托我的灵魂
托起我不驯的桀骜
我的翅翼游弋于海角
又在蛮荒的八极飘摇

只有大风才能提升我的灵魂
提升我向更高的天空问好
我打开五脏六腑与七窍
呼吸自由的狂飙

水之歌：献给一个人

无所不在啊

这爱，这水，渗透着我的身体

脉管里涌动的鲜血

细胞里流淌的基因

都因为你而充满了不朽的活力

我时常扬起头

来想象我的每一部分，想象我的每一个角落

都被水所容纳

每一个脏器都呈现着水的姿态

爱啊，水啊，支撑着我从最初的摇篮曲

直至走完全部路程

"世界上最小的手指

也不能将水之门打开"

我就坐在门里，我又走在门外

无所不在啊，这爱，这水

晃动的慈祥的影子

笼罩着我薄晰的灵魂

我想象着大树的根部在黑色的泥土中攫取你的乳汁

想象苍鹰在枯干的沙漠里因失去你而缓慢老死

生命因你而存在
我在嘴唇干裂时仰望苍天
祈祷天上的暴雨
仿佛落下爱情，使心灵的花瓣绽开

无所不在的水啊
我倾听着你的声音，在深夜或者黎明
听你在我心中的澎湃
我奔向原野，原野上是河流，是湖泊，是溪水
原野上有雪峰，有沼泽，有高原
都饱藏着你的乳液，滋润着花草
浇灌一切事物的嘴唇和毛发
水啊，我虔诚地捧着你
在长途跋涉之后，在劳作流汗之后
饮下你。仰着男性粗壮的脖子
咕噜噜的声响，多么动听
那声音中长风撩天，花蕾密集
你啊，环绕着我
与我共生共存，无所不在，天长地久

大山寄语

我在你的面前呼喊你
大山,你却始终一言不发
我懊恼地垂下头颅回顾苍茫的岁月
并在沉重的阳光中等待回答

回想童年翻越故乡的山丘
在山顶上挥舞手臂然后高喊
仿佛期待轰鸣
期待你我共同歌唱
我的梦中的原野开遍了繁花

为了求索,远涉风霜使我疲倦
最后站在你的面前呼唤
原想能够一呼一应
撞响你的回音壁
天空布满星群,河上航行白帆
可静寂中我顾影自怜
如一只迷途的羔羊欲归无家

你没有回答。不是错误

就像我的呼喊没有错误

我也不是为了祈求

只是询问自己是否在打击中痛苦地异化

我将在以后每一个冬天里听雪

在夏日里观海

在秋天弯腰收割金黄的稻束

并像蜜蜂一样在春天飞遍天涯

我热爱这些平凡的事物

就像珍惜你的每一片树林

每一道流泉，每一座楼阁

还有快乐的小松鼠在枝权间攀爬

你没有回答。我在心里呼唤

我不知道你是故作沉静

还是拒绝对话

但大山，我珍惜在你脚下我的影子

正迈向自由的开阔地

像一头骆驼穿越茫茫风沙

并从你青翠的岁月中透视征途中的我

将缓慢地覆盖开放的鲜花

蜂鸟之歌

你这广袤的森林密封的穹庐
我被你闷得喉咙发干
请催动你的绿色向我的唇边滚来巨大的露滴
请召唤你的涅槃者吹奏清亮的麦笛
而你这蔓延的乱藤斜飞的树干
一个个精美的舞台在风雨中败落
也请挽留我的舞蹈我的歌
珍藏我曼妙的声音和足迹

辽阔的美洲和非洲
当你的手还停留在腰鼓上迟疑
杂叶和果实已经落下大地深深的惋惜
所以我在你的中间选择了一片空地
我的舞蹈我的歌接受风和阳光的洗礼
而所有的飞禽走兽
我在和你们交集的世界里歌颂并打开爱的献辞
我无意顾及你们的目光
是否蕴藏着赞美嘲弄或抨击

我细长的尖嘴如一条破土而出的嫩笋
闪烁春光生动的旋律

我美丽的羽毛是一把绽开斑斓的折扇
我殷红赤裸的雄性象征
我与生俱来的舞蹈在热歌的伴奏下
四溢的光辉洒向广阔的草地

遥远的江河和海洋
我袒露的心灵在你的清流里得到荡涤
生命的杯盏盛满热情的酒液
高举着斟给哺育我的土地
而我所倾心的爱人啊
我在这多情的季节为你献歌献舞
那是命运中奔放浪漫的履历
我在我的舞蹈我的歌中披肝沥胆
我在我的歌我的舞蹈中大汗淋漓

只有我的爱人能读懂我的舞蹈
只有我的爱人能理解我的歌谣
我的舞蹈我的歌
我的星辰我的火
我天然艺术的光辉
高及云朵的羽翼
在爱的牵引下冲破丛林和时空的樊篱

打击苍蝇之歌

在我打开地图的瞬间,山水流动
美好的事物发出奇妙的声音
我想起这片土地的秀美
留下了长篇累牍的华章诗篇

此时一只苍蝇悄然着落
匍匐于地图上吮吸山川血液的新鲜
他的头颅摇摆,四脚蹦跳
姿态得意并且安恬

我一直赞美大地的丰满和辽阔
在石头与水波之间寻找五彩的乐园
那里群鸽飞舞花束招展
但一只只肮脏的苍蝇使我心烦意乱

我哑默着,双眼布满了血丝
忽然抬起手掌临风一击
山岳颤动,水波上浪花飞溅
清脆的声音如同裂帛毫不缠绵

苍蝇已死。我用手指将它弹出
地图上留下淡淡的污渍
我的手掌隐隐作痛
刚才过猛的用力令人心惊胆战

我热爱我的山水与草木
绝不容忍苍蝇对它有丝毫的玷污
我劳动或者歌唱
希望没有阴影的光明翱翔在我的空间

我生平最痛恨周围的败类
也总想以刚毅的手掌加以截断
哪怕未能深思熟虑
哪怕用力过猛而把自己奉献

我拥有这样的权利并且绝不放弃
在罪恶与腐蚀前。我将挥动拳掌
大地上肯定还会有苍蝇
也必将有我的打击苍蝇之歌嘹亮地盘旋

大海滩:我们相信呼唤

1

大海滩因为潮水千万年反复无常的推移而枯裸
那大幅的油黄色版画为季节布设风景
而我们沉默地坐着
一次又一次地聆听弄潮儿的脚步从泥滩上响过

千里万里的陆地绵延着拥抱大海
千里万里的大海绵延着拥抱陆地
我们往昔追寻的脚印早已化作一只只彩色的贝壳
在潮汐之外遗落
听涛声在域外深情地吟诵新生的步履

但我们的背影不会遗落
在海岸踯躅观望的背影不会遗落
在斑斓的日子和褴褛的日子相互交替中
记忆的火焰在热烈地燃烧
雪浪纷涌拥抱着我们瘦削的躯体

可叹息的日子将不再归来

我们的一切都已溶进海滩
我们的一切早已化作大海滩的一部分
潮水还是反复无常地推移着
却为礁石群证明爱情的忠贞

2

风暴卷袭乌云翻滚的日子
呼唤着沧海奔腾的精灵
没有三叶草的故乡长满茂盛的诗歌
而拜伦不就曾像我们一样矜持地坐于海滩吗
凝视着一块波体的流动
想象深奥的肺腑澎湃不朽的力量

还有艾青吹奏着芦笛和号角
在漫长的海岸线为深邃的爱而充盈泪水
我们听见那波涛的旋律
正与他沉思着的足音相吻合

就像他们那样
像拜伦艾青那样
不因为浅薄的日子发过多的牢骚
不因为命运的苦难折断自己的棱角
他们深沉且宽厚
在大海滩潮声隆隆的时刻

传递他们呼唤的声音

可我们许久许久以来
不就一直在倾听呼唤而且学会呼唤吗
哪怕呼唤的声音很弱很弱
哪怕我们的呼唤还找不到回音壁

3

除却大海
任何一块陆地都是被海环绕的岛屿
我们就生长在岛屿之上
如岸边的椰子树或泥涂上疯长的水草
大海滩是海最为温柔的臂弯

那么在我们这块神圣的岛屿上
就没有不通以舟楫的河流
没有阻挡山鹰飞越的鸿沟
海滩是最为辽远的胸怀
为我们砌筑友爱的美好居所

那么就让我们垂下头颅沉思
不要再为自己砌筑封闭的圈栏
不要把自己关进黑色的小屋
在海滩的阳光最为坦白和热烈的季节

打开所有的窗子
让我们对话。透过一层层伪装的黑暗
让我们紧紧地握手
摘掉阻碍我们情感交流的手套

所有的生命都呼吸新鲜的空气吧
我们的呼唤如同大海滩一样辽阔
我们呼唤的声音像石子般粗糙

4

而劳动者
都在这里寻找自由的栖息地
征服与即将征服大海的兄弟
袒露着长满黑水草的胸膛
在和波涛及台风搏击的日子里获得辉煌

就是那些命运的逆子
背着沉重的思想
在大海岸的哺育中茁壮成长
古铜色的手臂挥动着男性的力量
不为网破而悲哀悔恨
只向天空抬起挑战的头颅

没有什么是不可战胜的

太阳的升落是光与热周期性的独白
我们沉没的船上依然飘荡起袅袅的炊烟
抛弃于海滩的旧锚开始锈蚀
斑黄的头额闪亮如一头永远也无法制服的猛虎

于是大海滩
你又以精血浇铸了那些血气方刚的兄弟
你又以温柔收揽其只只鲁莽的征帆
又挑选在一个黎明
伸出手掌将其放飞向橙红的太阳

5

深沉的永不后悔的力量
澎湃的永无拘束的交响
请告诉我们是怎样造就这片神奇的土地

蜿蜒曲折的道路
砌造过许多碑铭
请告诉我们是怎样记载和创造这片土地神圣的历史

而土地与历史
不也是在这千万年大海的淘洗中诞生的吗
一只只遗忘的海螺
一束束死去的珊瑚

一根根海鸟的飞翎
还有留下的海子般明澈的眼睛
都已在大海滩上融合
在一日更新一日的重建与破坏中
升起飘扬的旌旗

那么大海滩
你更是一种呼唤的产床呵
是震撼着寂静灵魂的辽远的开阔地
是在沉默与喧哗中簇拥出诗人和歌手的开阔地

6

所以我们肩并肩地坐于海岸上
在彼此的凝望里汲取呼唤的力量
忘却头顶那片变幻的天空
以不老的恋歌证实我们真实的存在

我们相互握手的时候
早已忘却了彼此所需的是什么
沸腾的鲜血已流进了翻腾的涛波
而大海滩为我们的爱提供了见证
大海滩给我们的灵魂赋予了思考和追求的腹地

多少个日子曾那样平淡地过去

留给沙滩的脚印被海水带走

我们就在追觅的疲倦中望远山叹息

多少个日子曾那样沉痛地捶打我们

使我们都竖起耳朵聆听波涛

使我们抖擞精神描绘和赞美这片大幅的油黄色版画

但是大海滩:我们相信呼唤

我们相信终有一个黎明

我们的呼唤将同潮水一道辉煌地醒来

向日葵之诗

沉默的钟沉默地旋转

敲打丰收的麦稞

我看见你的光芒纷纷

飞成千百只鸟

起舞于另一角土地

云声很遥远

只有眼睛千只万只

一起寻找方向

有你伴随我

我在夜里也不会迷航

船自黄昏开始

离开一个安全的港口

江水大段大段地向东漂移

浪花蠕动爱的回声

我匆匆从我的土地上赶来

告诉钟停摆的消息

三角标与信风旗变速转动

水珠落在我的手指上

凝聚成一枚枚发光的戒指

我说你就不要离开了吧
悬挂在我的窗口
与我共同祝福黎明的金冠

你微笑着踱步向宽阔的大街
华灯黯然失色
红纱巾在风中纷飞
霓虹的光辉也被射退
我幸福地想象着风霜雨雪
因为在你的内部呵
已缀满了璀璨的珍珠群

1989 年

鹰之歌

1

在默不作声的崖侧
有一朵云惊讶地停顿
那是鹰……那是青铁色的鹰
勇敢地盘旋于磅礴的曙光
翅膀的关节因挣开而呼呼作响
雪海之声无力地涌动
但不知是呼吸的艰苦
还是高原的呼唤
使鹰垂死于天空

垂死于天空。高原
默祷着鹰坚硬的翅膀

2

黄昏。我们看见许多
提着陶罐的美丽少女
走向那条河

撒一路歌声
河岸上
有鹰凋落的斑斓羽毛

3

沉睡的日子
曾那样被雪山水所静静地召唤
但诗人歌手与流浪者
行动着　赞美着
默默地传递高原的威严
所以旋舞于火把群的人们
没有震慑于雪海白冷的光芒
将风筝的飘带紧紧地握于手心
河因此而不能停步
色彩音乐与绘画
在日光最为稀薄的地方
盛开幸福的格桑花

4

于是
我们也看到了高原
在日子灼伤的记忆里绵延
沉积的灵魂呼喊大地的巨鹰
鹰却在为凄凉的热爱

而嚎叫

5

……太阳是众神之神
曾牵起你的手撞进风暴
雪崩排山倒海
古老的碑铭上没有文字
四周只有萋萋的芳草
还有鹰飞过的影子
大地也就这样在山脉耸起的地方建筑宫殿
哺育河流
那河流长长地流向东海
流向桃树林矢车菊
还有蓝色的葡萄园

6

而鹰还在飞舞
翅膀掠过雪光与日光
飞过的时刻
一片阔大的叶自我们的头顶上
响起
那铿锵的金属声

7

又该有多少赞美者与腼腆者
坐于窗下呢
望升起与击落之间生命的弧线
但沉重的主旋律
只与黄昏的进行曲一道
斜向雪海
来不及叹息一声
大海因一颗流星的坠落
而迸溅起大群浪花
这就是河岸上弯曲的历史
捡拾斑驳的鹅卵石
我们看见少女的花冠上
插上了鹰的花翎
我们看见沉默的老者
坐于高原的风口
坐于那株大樟树下
吹动一支精致的鹰笛

8

天空由苍茫
逐渐走向清晰
浮雕般的雪岭忠诚地谛听
动人甚至是寒冷的声响

而神圣的生命已在崖峰的一侧
化作一团云
披五彩的光芒轻盈地飘过
那潇洒的姿态使雪海祷告
祈祷我们不要过分地沉重
不要因为鹰坠落而在脸颊之上
涂抹鹰的血

9

那么看呵……在夕光里
在凝重的黄昏中
雪海　那万古不变的雪海
永远膜拜壮丽的青春
神圣的生命垂下滞血的翅翼
倾斜地朝我们飞临

那么请看呵
……高原
正伸出一双宽大的手
托住了一个永恒的火的灵魂

题一幅铜箔画：波涛中的两只船

没有接到大海的邀请

我们同时跃进大海

灰蒙蒙的天空下

孤独和孤独对饮共欢

风鼓荡着帆

波浪撞击船舷

铜箔震颤的铿锵之声

交给杳去的飞鸟

交给我们看不见的海岸

是因为偶然

还是因为必然

是因为各自逃避

还是心与心期待相逢的热盼

大海无声。船无声

你无语。我也无言

如若命运的约定

投身于骇浪中寻找自由

又因为选择而不可申辩

黑色的枪管

海明威坐在礁石上
黑色的枪管盯着他的额头
手指上的扳机即将亮出生死的底牌
海明威一言不发

他看着大海
看着在海上搏斗的渔夫
渔夫已经老了
如果再次遇到鲸鲨就得丧命
他看见狩猎的林中
奔跑凶猛的虎豹
拳击台上拳手倒下
台下却是一片喝彩
他想起装满东方烈酒的瓷瓶
空空如也
海明威一言不发

黑色的枪管盯着他的额头
盯着生命最重要的位置
扳机颤动地发出警告

傍晚的钟声在山谷撞响
但这丧钟为谁而鸣呢
难道是为他自己
海明威一言不发

沉静地扣动扳机
黑色的子弹咬碎他的头颅
菜篮子不小心跌落一只鸡蛋
蛋清和蛋黄
像一摊无法回收的血
大海直立着身子
并在嘭的声音里仆倒

海明威依然一言不发

果 子

树顶有河流的喧哗

坐在岸边谛听很久
果子招摇如同儿童的拨浪鼓
封闭的欲望不断膨胀
青春的列车负载着一片荒芜

桨橹披载着午时的阳光
浪花细碎在漂泊的异乡
我在岁月的回音壁前恍惚
河流的轰鸣为大地带来悲怆

安静地独坐在河边的树下
我守望着果子成熟后自由的坠落

松明之歌

幽谷间的松树
为渴望燃烧而流泪
风干了的岁月
凝结成一粒粒哀忧

我举着松明走过城市
不识货的人们问我卖否
我说：谢谢
这不是妆饰用的琥珀

在电视上观看苏联销毁中短程导弹并致一位外星人

如果有一天地球上所有的导弹
因为战争的一根导火索而爆炸
你将在浩瀚的宇宙中看到一颗星球
如火球一样高速转动
海洋中的沸水通红翻滚
绵延的大陆在排浪中夷为废墟
不过当你设想这一切的时候
也许就有流火向高空蹿去并把你灼伤

在电视屏幕上
我看见戈尔巴乔夫时代的苏联士兵
推动一节节大平板车
运送着一只只精巧的导弹弹头
弹头的形状与曲线如此完美
如春日山林中镰刀割下的竹笋
我不由得咽了几下贪馋的口水
讲解员说这是一件极好的事情
兵士们将把竹笋运往荒无人烟的地方进行处理
销毁过程的费用大得惊人

我在心中简单地盘算
地球上真的没有消化此类食物的牙齿和胃

在一艘远海停泊的船上
来自各国的观察家们躲得很远
你也在很高的地方
共同观看一场没有搭设舞台的喜剧
谁能够预测未来呢
也许人类早已把自己
绑在了没有销毁或者正在制造的弹头上

弄潮者

千百年来,大潮裹带惊风
无数次从他的发梢上掠过
每一朵浪花都在寂静的岩峰深处折回
开放并最后销匿于时光扩散的波纹
轰隆隆的潮水中鱼虾四处逃遁
堤岸颤抖,战鼓昂扬
观望中的人群喧声鼎沸
稀薄的日光重新唤醒逆光行驶的沉船
东海湾被月亮牵引的流水
在黝黑的臂膀上滴落

弄潮者偶尔见证回溯的潮汐
但他清楚脚下的河流依然滔滔向东
他在波流中感触到流变的曲线
他听见望潮阁上
被风吹动的窗叶噼啪作响
他看见芜杂的滩涂
正徐徐展开阔大的画卷

海风如此多情

吹拂旋转的大地

弄潮者惊叹于变幻的潮流

但他无法退却

他试图阅读并适应潮水的节奏

他跟随风向而作全新的调整

他预感并领先于浪涛

他穿越波涛并勇于站立潮头

挥动那一面飘扬的红色三角旗

哦……潮水在喧哗……在鼓掌

那一面三角旗

是大海上被风鼓动的一叶悬帆

在自由的天空下熠熠闪耀

迟到的解释

1

前进了一步又后退了半步
你因此问我是否拿你开心
我想坚定地说不。而我不能
天空的星光时而飘忽

毕竟我感知到了对你的喜欢
存在于内心深处
却像悬崖峭壁上挂在山风中的野花
你闻不到她的芳香
听不到我孤单的自语

也许害怕你的拒绝
或者害怕自己受伤
所以总是欲进又退小心翼翼

2

你说我看起来总是那么快乐

是吗？我向你展示的是简单的无忧

其实你错了。少年微笑的面孔下
灵魂竟如此沉重
将苦难储存在看不见的角落
独自承受岁月带来的伤痛

也好。但愿你认为我就是快乐的
这样当你握着我的手的时候
就像握着一只轻快的风筝
飞舞在明朗的天空

3

原谅我没有诺言
那些言辞只不过是风中浅薄的碎片

你的矜持增加了你的美丽
我的沉默增加了你的迟疑

你说你并不需要诺言
我却恪守我的内心
相信我的恪守具有大山般庄严的含义

只是我是一个漂泊的浪子

没有定向，甚至没有最终的目的地
我那么犹豫且掩饰
或许就是担心辜负你的情意

4

在你将要离开我的时候
我才想起那些断断续续的诗句
如时光贝壳里孕育的珍珠
在海底的暗夜里发光

告别应是一种必然
我在辽远的海滩上狂奔
向大海倾诉我积淤的沉闷的爱
大海回应我的是无法编织的浪花

我是一个匆匆的歌者或过客
谢谢你给我带来短暂的温暖
并给我留下足够的尊严
你会很快忘却
而我却永远记得
天使的额头飘落缤纷的花瓣
星星在夜空迸溅相思的泪珠

我感知你的美好

知道自己的无为
就像高山峻极不可攀登
大海浩荡深不见底

草原深处：悼海子

一直的门
开启关闭
生动地解读每一句格言

在远方凝望草原
帐篷全部已经搬走
河在绿色的胸膛上流动
只有几个老牧人坐在河边
杂说日月星辰
还有一匹马半截鹰笛
我询问关于你的去处
他们摇摇头不发一语

其实你早已策马而去
草原深处刮起一阵阵风
驱赶一个剑客或骑士
天空中飘失的云朵
恰如花蕊上被阳光带走的露滴
一根在岁月中延伸的枝柯上
奔跑着一大群羊

奔跑着一大群鲜花般的姐妹
还有成片的麦地
在人们向你呼喊的时刻
你如隐者逃逸
也不再举手示意

飞过的翅翼
曾吹倒一大片红烛
躺在大地上喘息
草原没有被你点着
他的叶子却像刀片又冷又硬
纪念时空的缝隙
广阔的灵魂蜕壳
只剩下一片荒芜的庭院
还有几声锣鼓几句台词
为了安慰
或者游戏

大树之歌

大树。我们的好兄弟

你在我们疲倦的时刻
为我们撑起一把伞
射退一道道强烈的阳光
绿色的枝叶为干涸的心田摇落晶莹的水滴
你在我们耕作劳累之后
让我们自在舒适地靠着你
山的断层一般粗大的树干
支撑我们大汗淋漓的躯体

大树。我们的好兄弟

你在黄昏或黎明的每一个时刻
将思想的根须伸向大地
夜充满神奇的芳香
世界的空气变得新鲜
在我们浪迹天涯的日子中
又听到你头顶上飞起一群群洁白的鸽子
你艰难地承受着风霜雨雪

开花结果把智慧奉献给土地
满脸皱纹如泥土一样成熟
当河流围绕着你的根部流过
你在旋转的年轮上画下爱的轨迹

大树。我们的好兄弟

我们就在你的视野里来回走动
如笨重的老牛。也如轻盈的燕子
你万年千年的浓荫匝地
覆盖着音乐绘画和歌诗
风在你的呼吸中婆娑
飞鸟在你的枝尖上栖息
太阳跟随着你的影子从东向西
我们曾经流着泪砍伐你
用你的木头造房架桥
搭起通往生命峰顶的阶梯
我们又流着泪在土地上重新种植你
你一片片地生长
一片又一片为我们捧来蓬勃葱绿的生机

大树呵大树
我们的好兄弟

火把节之歌

当夜色重重地笼罩在空旷的高原
火把点亮了一个崭新的世界
一把火十把火……万把火
从那山间错综的小路流来
东西南北，一滴滴光辉凝聚
最后汇向高原沉陷的平旷之地
如同万千条河流奔向浩瀚的大海
火炫舞于高原朦胧的瞳孔
火凿开了久淤沉积的死水
火跳动青春的歌声和激情
风与火相逐。火和风撒欢
与波涛一同自由澎湃
仿佛人们手中的簇簇鲜花抛向天空
撒向了各个村寨

那些沉默的生命在高原规律化地诞生或死亡
一代又一代。粗糙的手播获高粱麦稞与稻穗
以土地一样的秉性忍辱负重
与山谷的风一道洗涤漫长的日子
最终飘坠如秋天里悲悯的残叶

那些沉默的生命曾那样艰难地滋养高原
老槐树下的铜钟与太阳一道响亮
山野的溪水歌唱
群山是他们篆刻的辉煌丰碑

而今夜……当火无可遏制地燃烧起来
整个高原都在舞蹈吆喝摇摆
人们赤裸着淳朴的心
摆脱了一切束缚而狂舞陶醉
他们拥抱这一个节日
他们歌唱这一个节日
心就是一把把熊熊燃烧的火
浮动于照亮黑夜的汪洋大海

归来的桅杆

苍天下有一根松针抖动
椭圆形的海面上竖着呐喊
你和我早已变得瘦削不堪

梦想曾经如此苍白
森林凋敝每一片叶子
光杆蜡烛焚烧着相思
鸥鸟呢喃七月的流火
还有风暴袭击之时
你钢铁的孤独支撑起了旷大的云天

也许只有水手知道
他和你共同成为蓝天下的偶像
毛发乱舞着涉过千百次磨难
大海的脊骨挑起信念的翅膀
所有的软弱与哀叹
都被汹涌的波涛捏碎

当归来者颤巍着移进椭圆形的海面

大海疯狂地呼号起来了
浪涛更加猛烈地
拍打着我脚下弯曲的岸

十字铁锚

十字铁锚吱呀着
在海岸

他蹲在那里
头发已经全白
唯头颅悬浮在大海边缘
如一口巨钟

钟声鸣响呵
死神在表白

十字铁锚蹲在那里
锋利的仇恨将手掌
深深地插入沙土
温暖的叹息被全部击碎
他只记得一次遥远的沉舟
一次死神的降临
一次沧桑的演变
一次自由的婴孩流放于海洋

十字铁锚

大海的遗腹子

锈蚀的影子倒转在天空下

却依然顽强　挺拔

生长呼吸

依然跑步挥动双桨

依然夜泊于浩瀚的沙海上做梦

海岸透过这只十字架

看晨光中升起的朝阳

还有逆光里刚毅的背影

他在沉重的十字缝间

向歌者昭示着一朵白色的寒冷的

百合花

夏日风景

风找不到睡处
人睡在风里

遥见星星的人们
坐在葡萄架下
听夏天的葡萄在分秒之间
如江南的豆蔻少女
迈向成熟丰硕的台阶

迷蒙的星群
在葡萄架上按节奏跳动

树根弯曲地拥抱土地
土地的婴儿有很甜蜜的哭声

微雨中的青石板路

你独自行走,如漫步于云端
微雨中的青石板路发出细碎的鸣响
没有打伞。雨慢慢打湿了你的头发和全身
弯曲的村路变得安静与空旷

一个孩子光着小脚丫从身边跑过
母亲在身后高喊……慢点慢点
他听见了却完全没有搭理
奔跑中的欢笑那么敞亮
溅起的水花散发着淡雅的清香

走过天南海北。走过荆棘石砾。走过高山大川
老家已经没有人能认出你
归来者的鬓角悬挂风霜
故乡的大青石是世上最美好的石头
你熟悉脚掌和石板的摩擦
索性脱下鞋袜在石路上小跑起来
厚重缜密。温润细腻
肌肤的触感和儿时一模一样

老屋中的母亲不知你的归期
你却似乎听见她在喊你
慢点……慢点……雨天路滑……小心摔倒
雨水和泪水交融着流落你的脸庞

悠长的青石板路
漂浮一道深蓝的幽光

黄金树之歌

我从混沌中醒来
你的魔爪用力地抓住我
我不能逃脱
你虚构的光环使我备受煎熬
芳草地如此遥远,森林如此遥远
天空的车轮下
一个精美的躯体正渐渐干瘪

遥想那些追求的日子
我飞蛾般的身躯接近燃烧的林木
仿佛是一次义无反顾的投掷
辉煌的火焰在树林间汩汩流动
鸟声精灵一般响起
光纤编织的巨网在空中巡捕
巡捕每一个痴情者
我也变成一只无辜的火球
夸张的面孔在炫目的记忆中隐现

那是一株多么高大茂盛的黄金树啊
粗壮的枝干架设城堡

膜拜的鸟群飞绕
磁石一般的吸引力
从空中伸出千百条无形的手臂或引线
我在疯狂地旋转
关节咔咔作响
眼睛喷出火星

我想象冰山雪岭奔流的季节
山脉灼热。雪崩轰隆。河流叫唤
苦守的生灵在牢笼中喘息
并在醒悟后发出反抗的嚎叫
时间在旋转,灵魂在炙烤
闪电的鞭子不断地挥抽
一只在悬崖边被猎枪追赶的走兽
躯体已经鲜血淋淋
而黄金树锐利的爪子始终抓得很紧
树干变成了庄严的十字架
只是我并未屈服
我在祈祷和挣扎
试图飞越这罪恶的光圈

我在世界安静的一角
看着太阳手执神杖向我缓缓走来
黄金树是一个虐杀自由的巨大祭坛
敲动着刺耳的锣鼓
血脉偾张的标本扩张遮蔽的地盘

我仿佛被置于祭坛之上
阳光直射。捆绑的牛皮筋越来越紧
等待狂欢的众神正在捡拾柴火
金币窸窣，硕鼠摇尾
游蛇吐出油滑发光的舌头
丢失伊甸园的河流上挤满了逢迎之舟
出卖的灵魂变作了一丛丛枯萎的野草
天堂的台阶流窜欲望的横风

但我依然仰望星空
夜晚天空那一株庞大的黑色树
张开着无垠广阔的枝叶
那里星辰的鸟群闪烁柔和的光明
旋转的灵魂飞散一片片雪花
苍鹰的翅膀摩擦天际的火石
我调整呼吸。不断寻找突破的方位
试图摆脱黄金树绑架的律吕
无论白天还是夜晚
我因拒绝入睡而熬红了眼睛
我啜饮无法围剿的露滴
一个身影如一颗铜豆四处弹飞
袭击大树内部阴暗的角落
为了泄漏逃亡的光明

哦……黄金树终于发话
滚……你这逆子

……你这自讨苦吃自不量力的逆子
请你滚开这里的安逸
届时你将无法找到食物和寄托
你将在荒野里活活饿死
去死吧……黄金树瞬间收起了吸力
毒辣的光芒还在我的眼中飘闪
我却如一阵从封闭山谷释放的野风
虽然我的灵魂早已逃离
但一个虚幻的躯壳追赶灵魂
朝着一片明亮的溪水闪电般飞掠而去

断　剑

我的手轻轻抹去粘连的泥土
剑锋已经断了
悬崖上一棵树被闪电削去半截
空谷传遍雄鹰的惊呼

剑光在历史中老去
霉绿的铜锈开着细微的沁花
战场的呐喊遁迹无音
一颗颗头颅土豆般堆满大地
殷红的土壤流动火的芳馨

但是你何曾死去
当我找来一块绢布揩拭你的沉寂
高空的月光如此明澈
虬龙飞出炼狱
幽谷中的清泉汩汩鸣叫
冰凌千古且寒气逼人

老去的河

老去的河

老去的河。难道我就是你的一只帆
在河流中央行驶
最后狠心地向着海涛汹涌的方向
剪断了那一根连接河岸的脐带

在无限的宁静和抚爱之上
宽阔的两岸为我展开油黄色的画卷
我的触角伸向深远的大地
野草和群花开放在灿烂的视野中
庄稼和果实也在温煦的风中轻盈地摇动
携带着爱的音符和奉献的语言

你依然沉默着
如固守一句诺言

老去的河。你可曾记得我
那个提着水桶挑起昏黄河水的孩子
那个光着身子投身于你滚滚波涛的孩子

现在逐渐长大成熟
拥有着黑色的肌肤和健美的体魄
在雪花消融秋叶飘垂的日子里
太阳是一轮献给我的紫金冠

只是你已逐渐老去
青春的水声远远逃遁
两岸枯裂的大地
是我母亲岩石般风化粗糙的脸颊

老去的河。我还将远行
还将靠着那一根高山上伐落的桅杆
航向远离你的蔚蓝的大海

呼 唤

冬天的河流静静地流淌
荡漾着微蓝的火焰
我守候小木屋,烤着炉火
无语的船桨挂在窗边
河边倒扣的船是蚂蚁雀鸟温馨的居室

洁白的大雪覆盖旷野
单调的白色使我感到孤独
我是一个浪子
灵魂张开的窗子倾听河水流动于原野

如一条不可捉摸的蛇

我颤抖着
感觉血管在大幅度膨胀
远去的涛声挥洒火焰
但通向河岸竟然没有一双怀念的脚印

泪水开始淹没土地
破裂的血管能否消融厚厚的积雪
花草都枯坐在我的门口
伸张喉舌不断呼唤
而一个季节将从水之上奔来
向我逼近

漂流的桃花瓣

哪里曾经是你的家呢

河岸肯定有一片桃花林
有一群桃花般鲜艳的女子
水鸟的羽毛轻盈地飘向天空
芦笛还在满身皱纹里等待月亮的圆润

遗失的漂流瓶
被你的水波远远地送到我的跟前
封闭的灵魂慢慢展开一片光亮

像是写满诺言的情书突破水草的巢穴
为每一个相思的日子送来祝福

河流泛起红晕的波涛

即便在被爱遗忘的角落
依然有灯为漂流的季节照明
但我将在冰冻的河水中捞起那一支被风偷走的桨
探寻春天的下一个港湾

因此,我小心地把花瓣捧在手心
如捧住春天的一片桃林
如捧住天空的一把惊雷
等待爆裂的共鸣

葡萄架下

你可曾记得
穹庐顶上长满那些晶莹的葡萄
夜光之杯盛满倒转的星群
叮叮咚咚落在天空的瓷碗里
贝壳和酢浆草重生
萦绕着岁月的脚踝

神农氏的心血早在世间传播
白天在河边,我看见天空蓝得彻底

清风吹动江河的涟漪戏弄起伏的山脉
葡萄的圆脸和圆脸紧紧相贴
耳朵咬着耳朵叽喳不休

故乡的山脚下是一片绿色的平原
露珠是一只只晶莹的戒指
陶公攀折菊花，呼吸清芬入睡
但有枯枝支撑的棚架
爬满珍珠和玛瑙
爬满婴儿般黑白分明的眼睛

于是你终于察觉到了生活的意义
艰辛却能发掘出美
劳动者的灵魂结满甜蜜的果实
看夜色已深，天空星星闪烁
你安静地听着时光之鸟
在葡萄架下飞来飞去

午时停泊

流浪的人穿一只拖鞋
走在积满雨水的街上
泥水溅湿了他的裤管
另一只鞋早早就丢了
就像在波涛上面
人和投下的影子时常分离

我在午时停泊
宁静的水面波澜不惊
野山清晰。飘来树木的绿荫
还有江心洲成为我的伴侣
嶙峋的岩石
连勇敢的水鸟都无法攀缘

流浪的人没有家
只能与这只拖鞋还有小洲为伍
那么你就别等远方来信
别等油腔滑调的许诺
别等水鸟虚伪的语言

另一只拖鞋早早就丢了
你穿着一只拖鞋远走
你说那就更不用系鞋带了
这样看起来更像真正的流浪

七月的水波

七月的水波盈盈满耳
如情人温柔且不可抑制的语言
山谷的泉水突发
浪花撞击岩石。升华又落下
发着不朽的光亮
高崖上的红花绿草烂漫

投入的影子铺展彩色的画卷

船航行在江中
太阳旋转照耀。辣辣的火焰
逼着我光着臂膀
横卧船头。风走来走去梦似在非在
船腹下的水波清凉芬芳
渗透进我的每一根脉管
是无法逃避的诱惑

我重新站起来，伸一个懒腰
摇晃的船上滚动一颗青橄榄
七月的水波很神秘，使我想入非非
水波啊水波
我在呢喃中猛然扎进河中
如一尾久困于枯水中的鲤鱼

阳光下的草

阳光下的草
我远远地看见你
在山那边摇晃

我的父亲很早就将我遗失
我曾在山崖上孤独地张望
海洋怒吼。落叶飘零
江河的孤帆上
升起灿烂的歌唱

但只有在你的摇晃里
我才重新回到记忆中的童年
那里你的清芬中汹涌大地的脚步
拾穗者不曾消失
渔夫还依然将破碎的网
悬挂在坚贞的椰子树中央

所以我始终背着大雁飞翔的方向
看太阳周围的云朵
镀上一层金光

朦胧的热爱珍珠似的闪亮

所以我执着地追逐奔腾的河流
相信自己不会因为苦难而消沉
生命将在负重的旅程中坚强

我就爱你匍匐于原野的模样
听你绿色喷溅的声响
阳光下美好的事物都会腾空远去
唯有你大片大片地在大地的腹部招摇
向我伸出温柔的手掌

梦中的牧群呵
在我的画上叽喳喧嚷

正午的向日葵

在阳光最毒辣的时光
我看见正午的大地上
向日葵旋舞一团团淡淡的紫烟

垂头丧气的三叶草
倾听远方河流的水声
老牛蹒跚的脚步伴随沉重的呼吸

那些流淌在土地深处的血汗
沿着你的青秆向高处攀缘
直至在脸盘旋转的舞台上
大胆地向天空控诉
每一颗在暗夜里反刍的水滴
都从青黄迈向灰黑
凝结成千百粒耀眼的珠玉

我想分担你的苦难
你馈赠我的却是满天繁星

致连云港港行进中的拦海大堤

你是扼杀浪涛狂吼的一柄利剑
是抵住飓风咽喉的一支钢枪
你是石山摧毁后重新浇铸的一块金刚石
是伸向海湾捕捉暗流的一只巨掌

你是母亲温暖的脊背
是荒野山海之间一座搭载希望的桥梁
你是倒悬的彩虹。移植的大街
你是自由的臂弯。银色的飘带
你是围筑海浪自由放歌的广场

从孤独的东西连岛到雄浑的陆地
让手臂挽住手臂
合拢巧夺天工的良港
风在此栖息。浪在此栖息
海鸥在海湾收敛振飞的翅膀
让北港墟沟和庙岭融为一体
让来自各大洲的船只停泊在安静的梦乡

早安。我的连云港港

你推开一扇历史的大门

向着自由的海洋大胆地开放

在大海深处行进的拦海大堤

混合运输爆破以及塔吊旋转的轰响

弯曲绵延的欧亚大陆桥搭载着丘比特神箭

从远方向你射来

正命中你渴望爱情的心脏

根之歌

在一块画板上画树根
鲜红的血开始流出来
流向眼睛与内心

叶子和果实翩翩起舞于你的四周
斜风细雨打湿浅绿的天空
泥土的脸变得狰狞
一双壮大的手扼得喉咙发痛

因为想象忽略了真正的形体
思想中的造型依然没有完整
龙蛇的手臂　一段段络绳
剑麻般的刀刃盘舞于火热的地心

恍若有人在耳边说：带一把锄去
挖掘深厚的泥土
听树根穿透大地每一个毛孔的声音

画板顿然打翻在地
风已找不到了画家的身影

朦胧的远山

代代水手坐在船头
望你百年千年
眼睛长满了老茧
你依然奔腾如波涛
我在河里
也能听到你奔流的喧响

你被绿色点燃的日子
从来不曾黯淡
相思绵延的日子里
爱情喷薄
泼满一块古老的画板

但朦胧的远山
在你的背后
有期待我归来的母亲
有我的故乡
还有我故土那一方
安恬的……田园

深秋黄河滩上的一只木船

你听不到我心中那支歌

你在风干的河滩搁浅着
一两蓬茅草面黄肌瘦
帆早已被风吹走
你不知谁曾是你的水手
古铜色的脊梁化作残礁
闲听飞鸟从头顶掠过
落日低沉地悬挂
一眼望不尽的苍茫
召唤我在北风中继续行走

也许你的心中有一支低回的歌

我不能学习飞鸟
站在你的桅尖上嘶鸣
残凋的树木与桅杆相邻
一双筷子夹着庞大的穹庐
当我向你走去
浪花惊恐地翻滚

落日无聊而凄清
远远打量着大地上闪烁的居所
我只是一个渺小的流浪者
自你沉积的年代起开始漂流
感谢你耸立的独桅和我为伍
召唤我在北风中继续行走

你听不到我心中那支深邃的歌

向晚的铁轨

生锈的原野。废弃的列车
停泊在凄冷的夕光下
义无反顾的铁轨
穿越山野和平原
咆哮并牵引着铮铮车轮
奔涌向前

散乱的热情。无序的呼喊
挤满了深不可知的山谷
想象着远方的春天
每一根岁月的枕木上
都写下了历史的宣言

四周漠然的群山
环视着无言的落幕
铁轨并行的脚步
被暮色不经意地肢解
夕阳如一只巨大的休止符
晚来的风中响起密集的冷箭

一个酿酒师的剪影

几只粗大的陶坛堆放在岩洞里
汇合的原浆晃动美妙的和声

你勤快地在洞穴中来回走动
煮过的布料盖住坛顶
预先调制的黄泥小心密封
剪下一段红绸覆住坛口并用红绳子箍紧
干净的毛巾擦去坛壁上沾染的泥尘

你将脸贴着陶坛,嘴中念念有词
仿佛和心爱的孩子谈心
或者坛中的新酒是即将告别的情人
最后你爽快地拍了拍每一只酒坛
像鼓励整装待发的士兵勇敢地出征

一切就绪,你得意地走出洞口
夕阳漫天,山风吹动满头白发
你下意识地手搭凉棚眺望远方的山顶
深秋的初雪早已来临
群山在夕光下闪烁着耀眼的白金

新鲜的鸟群：仪征化纤印象

我看过洪泽湖畔傍晚时分的灰椋鸟
成群地在我的视野里飞舞
陡令湖泊的三百里波光增添迷人的生机
但早晨，八点前夕，在仪征化纤
我看到从四面八方来的青工呵
穿着清一色的灰色工作服
步履轩昂飒飒风姿
……令人心旷神怡

新鲜就同东方海面刚刚冒出的太阳
阵阵光芒扑打光之鸟的翅翼
新鲜就同山野草叶上的露珠
晶莹剔透滚动着沁人的诗句
或者欢笑或者交谈
手挽着手或者臂搭着臂
千姿百态，异彩纷呈

你能看见他们的翅膀吗
在风吹动的衣角或发带上
在抛起的白手套或鸭舌帽里

在笑着弯下腰又忽然昂起头的风采中
那群鸟呵新鲜呵
从时间的枝顶向天空翱翔而去

在仪征化纤
我感到了同龄人青春的气息
感到了原野般质朴又宽广的胸臆
此时,八点整中国最大的化纤基地
太阳超越于高大的建筑群之顶
舞蹈的光芒落满这片新生的土地

听一个士兵谈论墓志铭

你可以在倒着或竖着的石头堆里
找出一块相对方正的石头
粗略地刻上我的名字
然后竖着或倒着
安置在一座并不起眼的土堆前
你走了,风会代我向你说声谢谢

战争意味着死亡
呼啸的炮弹飞去飞来
我不会退缩,但可能随时倒下
像被击中的飞鸟,像秋风中
一片离开枝干的落叶
或者是一根被点燃了将要烧到尽头的火柴
土地接受倾斜的捶击
并溅起一圈灰尘

我最终就像一块石头
躺在大山的怀抱里
千百年竖着阔叶似的耳朵
聆听情侣在林荫间的蜜语

聆听春风牵起青草奔跑的脚步
你在石头上歪歪扭扭刻下我的名字
用不着任何装饰
不需要任何颂词或赞美
我朴素得就像泥土和石头
恰好能和背后的山脉连在一起

我不是什么英雄
但我肯定是一名合格的士兵

俘　虏

笼中之鸟缺乏水分
绝望地凝望天空
嘶哑的喉咙唱着歌
渴望滚落一滴露珠

春蚕一圈圈吐出白丝
固执地将自己捆绑
忧伤明灭在时空的杯沿
就像上演荒诞的内战

你想解开焦头烂额的束缚
欲理还乱。灰尘涂抹脸颊
苦笑时露出一排光洁的牙齿

原来你是多么不小心啊
无意间成了卑微的俘虏

短　歌

五彩画镶嵌在灰色的墙壁
黄鹂的啼鸣响彻寂寞的窗棂
春风锁好一个粉嫩的清晨

舟子横泊在迷雾的渡口
桨橹无法寻找南方的彼岸
你的黑发弥散着春夜的芳馨

当秋天的落叶砸向大地
我的张望遗留在失望的小径
夕阳操弹着一把无弦的破琴

我追逐黛发间远去的波浪
你的出发是为了不再归来
雕像的嘴唇是一颗风华的星星

雨　窗

在夜雨的窗子背后
我看见一个人凝视着雨夜
内心簇拥孤独和沉沦双重的悲哀
陌生的面孔闪动绝望的光泽

大雨瓢泼。窗子背后人影蠕动
在扭曲的灯光下模糊
空旷的高原被雨水斧劈
远海饥饿的鲨鱼倒翻巨胃
分不清方向的河流汹涌在灵魂的峡谷
高涨的水波缓慢地将窗子淹没

在雨夜的窗子背后
我知道有一个人坚强地活着
但我无法抵达雨窗
更无法前去打开窗子
只听得窗外瓢泼大雨
……窗内大雨瓢泼

再致大海

河流的血管汇聚向一颗强劲的心脏
我就是一条河流
携带着潮汐的能量
奔向你蔚蓝的方向
大海你永无休止地翻动波浪
是为了展示不朽的爱吗
但你一定能够得到我热烈的回响

我如一个少女向她的爱人缴械投降
解开了禁锢青春的发髻
垂落的瀑布在天空下飞扬
芬芳的花瓣和露珠飘散在风中
爱你的心已无法在平稳的大地上安放

光明行

向往的石头坐在夕阳里
等待初出的星辰
这些石头原本是陨落的星星
现在它们已经灰心
不再缅怀空中闪亮的过去
却渴望开花
开出成群成群的野花
熏染大地夜的芳馨

你是在黑夜里长大的孩子
我很早就能辨析你的背影
我们行走在未来的道路上
或者变作石头或者成为星星
我们歌唱的一路
就是青春的一路快乐的一路
我们在大地的角落彼此祝福
就像野花提着一盏盏缤纷的彩灯
我们一遍一遍地倾吐
在原野像石头和星星一样
在大地边缘镶嵌稀薄的温情

我不会扯住树林奔向黎明的衣角
却喜欢在拂晓时光
看到阴霾散去逐渐明亮的风景
星星的天使们一个个飞离而去
野花的天使们一个个翩然而至
阳光的手指剥下了天空沉重的外套
大地的脸庞变得鲜活
我们一起扫除夜的残余
珍惜着星星和石头各自的宿命
轻轻应和飞鸟的叫唤
征用它们的嘴唇啄去露水下的阴影

一扇窗拥有了漫漫长夜
同样赋予我们内心永恒的光明
昨夜的星群早已散去了
天空留下的是烟头和茶渣
泥土渴望萌芽的种子
树根在地底下摇动大地的呼声
但你我永远不会放弃希望
旋转在各自相似的空间
蚯蚓在暗黑的泥层中爬行
布谷鸟唱着热血的歌
为我们共同谱写高昂的光明行

柳荫创作年表（20 世纪 80 年代部分）

1980 年至 1982 年

高中时期开始写作，以小散文和杂感式的散文诗为主。

1982 年

7 月，高考结束。浙江东南部大旱，写下祈雨的分行文字，自以为诗。

9 月，至南京建工学院报到。开学第一天决定写诗并希望成为一个诗人。曾使用笔名绿野、白玫子，第一首诗《故乡的溪流》以柳荫之名发布在班级教室后面的黑板报上。

确定使用笔名柳荫。

1983 年

开始疯狂地学习和写作。阅读大学图书馆内所能借阅到的新诗集以及能在新华书店购买到的新诗集。阅读各地报刊上的新诗作品。尝试投稿。

报名参加南京文学创作讲习所的学习。结识冯亦同、忆明珠、孙友田、叶庆瑞、吴野等诗人并因此结识应邀前来指导的唐晓渡、邓海南、柯平、贺东久等青年诗人。

拜访《青春》杂志马绪英、《雨花》杂志黄东成并向他们请教创作问题。

完成《雪地里的邮筒》《致岛屿》《返回旧屋》等诗作。

全年投稿百余次未获成功。

1984 年

上半年,继续投稿百余次未获成功。

和诗友司元军、张来顺等共同成立学校"拾贝"文学社并任油印刊物《拾贝》副主编。阅读其他高校交流刊物中的诗歌,印象深刻的有张小波、骆一禾、吕贵品、林贤治、于坚等诗人的作品,认为他们写得好。

暑假,为写作未回浙江。创作和故乡大海有关的《织网的女人和撒网的男人》《老水手的歌》《悬崖上的雕像》《海之冬日》以及有关青春题材的诗歌作品。在报刊上看到吉林《诗人》、辽宁《诗潮》、黑龙江《诗林》即将创刊并辟有大学生专栏的信息,认真习改,继续投稿。

10月,《诗人》创刊号刊出《织网的女人和撒网的男人》,为处女作。《诗林》创刊号刊出《冬雪》。其他若干作品在《百花》《现代诗报》等处刊出。

根据刊物提供的学校信息，和于坚、程宝林等诗人通信，经于坚介绍，和诗人韩东通信。

1985 年

1月，《诗潮》创刊号刊出《夜班车》（使用的笔名是白玫子）。黑龙江诗人杨川庆来学校相访。

3月，《诗人》杂志大学生专栏刊出长诗《迎春之歌：献给改革者》并收到几封探讨交流的读者来信。

因南京诗歌活动结识王家新、车前子等诗人。和韩东见面。和郭力家、冷杉、邵春光等诗人通信。

开始创作"大地之旅"系列组诗和"沧海"系列组诗。"大地之旅"组诗最初作品《南方：我的太阳》发表在安徽《诗歌报》，包括《古炮台之旅》《凤阳花鼓》等作品。《古栈道之旅》《南方：我歌唱你一座新建的桥》《塔吊》等陆续刊发在《当代诗歌》《城市文学》《诗歌报》等刊物。完成"沧海"组诗中的《那一盏桅灯》《航海者》《打满补丁的帆》等作品，后刊于《星星》《文学青年》诸刊。

7月毕业，分配至南京长江护岸工程管理处工作，从学校搬离时没有保留任何信件，销毁了处女作发表前的所有退稿。

开始写作"河流"系列组诗。

9月，写作长诗《大海边的初来者》《大海为我作证》。《致岛屿》等作品刊于民刊。

11月，写作长诗《南方啊南方》（尚未整理）。

在诗歌互动中结识柯江、江澄子、高翔、路辉、韦晓东、黄梵、古筝、闲梦、杜立明、龚学明、周亚平、杨智、余自豪、周俊等诗人。

12月，父亡。此事件对诗人后来生活、工作、创作以及人生观带来深刻影响。写作《等待黎明的向日葵》《没有位置的星星》等作品。

1986年

1月，写作组诗《沉船之后》以及《七月正午：一个海洋之梦》等作品。写信给北京广播学院诗人余效忠，探讨其在《星星》诗刊上发表的作品，收到复信后频繁通信。

2月，写作《想起古罗马斗技场》《花灯》《骆驼哀歌》等作品。

4月，写作组诗《南方的凤凰木》。

6月，参加北戴河诗人笔会，结识同行参会的江苏诗人曹剑。途经北京，住在余效忠宿舍。写下《京华》组诗，包括《宫墙》《在天安门广场夜观纪念碑》《华表》等，部分作品后刊发于《江南游报》。在北戴河结识诗人芦萍、梁谢成、刘湛秋、叶延滨、朱雷、柳沄、郭力家、雷恩奇、何香久、何铁生、阿古拉泰、南永前、薛卫民、刘家魁、王维君、肖黛、施肃中等。后经福建诗人施肃中推介，在菲律宾、新加坡等地的华文报纸上发表作品若干。

阅读《诗歌报》和《深圳青年报》联合举办的现代

诗歌流派诗展作品，有鼓舞的欢欣，但也有泥沙俱下的隐忧。

8月，写作《八月长江主题及其变奏曲》等"河流"组诗中的作品。相关作品后来陆续刊发在《雨花》《诗刊》《绿风》《星星》《海员文艺》等处。写作《葡萄园情歌》组诗，部分刊发于《诗人》杂志。写作《夜歌》《面对一座古堡》等作品。

9月，写作《我们》《西行的驼队》《南风》等作品，部分刊发于内部诗报。

10月，应中国作家协会江苏分会之邀，参加改革开放后恢复的首届江苏青年作家读书班，结识李风宇、孙昕晨、张戬炜、陈锡民以及姜桦、达黄等作家、诗人。

11月，长江漂流队经过南京，完成长诗《长江漂流队经过南京的日子》。

构思长诗《大海滩：我们相信呼唤》。

持续和各地诗友通信。不断致信给一些编辑老师探讨和请教创作问题。

12月，完成长诗《北方的九月菊》。

1987年

继续写作"大地之旅"组诗。完成《船夫》《三月的新娘》《槐树下的婴儿》《拾穗的母亲》《暮归的老牛》等作品，后陆续刊出。

2月，《中国作家》杂志刊出《伞的故事》。

开始"之歌集"系列组诗的创作。

5月,《绿风》刊出《打满补丁的帆》《沙百灵之歌》,后被《诗选刊》选载。《啄木鸟》刊载《十岁的生命之歌》。《解放军文艺》刊出《归来之恋》《士兵和少女树》等。《诗刊》刊出《舞厅》。

6月,《诗人》在头条位置刊出组诗《向日葵组诗》,后将描写青春、爱情等题材的诗作总题归为"向日葵诗稿"系列组诗。

参加"金陵之花"诗歌节,走访南京著名企业,完成了多首作品,如《工友们》等。

7月,《星星》刊出组诗《青春曲》。

完成长诗《五月之歌》。

参加"长江诗会"。与冯亦同、邓海南、梁小斌、韩东、唐晓渡、车前子等诗人共坐游轮抵达武汉并返回南京,是此次诗会诗人们交流发言的记录者和整理者。

写作《沿着河流我寻找一个人》等作品(尚未整理)。完成《幻想之歌》的写作。

写作长诗《晨海散章》,前后陆续完成了十多章。部分章节后刊发于《翠苑》以及故乡浙江温岭《三角帆》诗刊。

10月,《城市文学》现代城市诗展刊出《城市梦幻》组诗。部分新创作的作品在《雪花》《文学青年》等刊发表。完成《海祭之歌》《水手之析》等作品。

11月,完成长诗《二十岁之歌》。"大地之旅系列"完成《西部组歌》组诗。

写作《十四行组歌》。部分十四行诗刊发于《诗人》

《江海诗刊》等。

年底,写作了一批深沉、略带忧伤的"向日葵诗稿"。包括《黑房子》组诗、《画展》《六弦琴》《拾贝者小语》《呐喊》等。其中部分作品刊载于《新华日报》《南京日报》《江苏工人报》《江苏经济报》等江苏本地报纸副刊上。

结识前来江苏组稿的吉林诗人曲有源。

12月,完成长诗《画船的日子》。

参加南京诗人角的相关活动。在鸡鸣寺诗人角展览《柳荫诗歌作品选》(已经公开发表的作品小辑),反响较大。

构思并写作长诗《海滨的葡萄园》。

1988年

年初,《雨花》刊出《静夜》《向阳坡》。《红柳》刊出《自画像》组诗。《黄河诗报》刊出《伐木者之歌》等。

开始散文诗式笔记作品的写作。陆续写作五十余篇,后又补充数十篇。类似作品大受欢迎,先后刊发于《随笔》《中国青年报》《南京日报》《风流一代》《莫愁》《黄金时代》《文汇报》等,其中广东《随笔》杂志曾多期刊发,一些作品作为刊物卷首语发表。

3月,写作《雕塑者的手之歌》《玫瑰之歌》等作品。

4月,完成长诗《巨灵》,开始构思长诗《稻穗之歌》（尚未整理）以及《东方河流的颂歌》。

春天来临，特别怀念父亲。一直封闭的思绪顿如泉涌。写作大型组诗《挽歌集》。3月完成10首，9月又完成10余首。《绿风》诗刊在5月首先刊出《挽歌集》7首。其余作品后刊于《诗歌报》等。

《诗刊》未名诗人专版刊出《遥忆》《鸟鸣：致海外归来者》等作品。

"河流"组诗新增《婵娟》《渔父》等作品。

写作《天空有鸟飞过：韩东诗歌印象》，未能发表。开始诗歌短论方面的写作，后陆续有评论文字在《诗歌报》《诗刊》《绿风》等发表。

各地刮起诗赛风暴，积极参与。年初，《诗歌报》推出全国首届爱情诗、探索诗大奖赛，《空空的杯子》获得爱情诗赛三等奖。新创作长诗《废墟上的石头》参加探索诗比赛但落选。《废墟上的石头》是个人重要作品，但格调过于沉郁悲怆。

6月，《星星》诗刊推出全国首届诗赛。创作《护岸之歌》参加比赛。很快收到编辑部来信，作品不作参赛作品处理，但直接发表于该刊9月号。

"河流"系列组诗之长诗《在一条河上所唱的歌》获四川郭沫若杯诗赛二等奖，《想起古罗马斗技场》获得《芒种》诗赛优秀奖，《玫瑰之歌》获得四川阆中历史文化名城全国诗赛优秀奖等。

8月，《作家》杂志刊出《遥远的吉他》组诗，包括《遥远的吉他》《雕塑者的手》《安慰》等作品。参加金陵诗会，继续走访一批企业，创作了一些和相访企业相关的作品。

9月,《人民日报》大地副刊刊出《打捞沉船的人们》《沿着海岸行走》等作品。

开始创作长诗《黄金树》《骊歌》(尚未整理)。充实组诗《晨海散章》。

10月,借调至《江苏工人报》副刊部任副刊编辑。结识高正新、王慧骐、代薇等诗人。

11月6日,《诗歌报》创刊百期,创作《一百年来的天空》表示祝贺并刊发于当期头版。

年底,《诗刊》推出全国首届诗赛。完成长诗《大海滩:我们相信呼唤》的写作并投稿参赛。

12月,接中国青年出版社通知,作品入选《青年诗选》(1987—1988)。

1989年

1月,长诗《大海滩:我们相信呼唤》获《诗刊》首届全国诗赛优秀奖。

《诗人》杂志刊出《之歌集组诗》,包括《打击苍蝇之歌》《古战场之歌》《曼陀罗之歌》等作品。《读者文摘》1月号卷首语刊出笔记作品《向前走莫回头》,同年《读者文摘》12月号卷首语再刊笔记作品《我相信》。此两篇作品原发在《南京日报》"年轻人"专版。

和诗人高正新一道赴厦门采访,宿鼓浪屿,一同拜访诗人舒婷,未遇。

2月,《诗歌报》刊出《预言》组诗。

尝试编选《江苏青年诗选》初稿，最后未能形成出版成果。

继续写作"大地之旅""之歌集"系列组诗。

4月，闻海子去世噩耗，极为伤感。写作《草原深处：悼海子》。

完成《听一个士兵谈论墓志铭》《在电视上观看苏联销毁中短程导弹兼致一个外星人》等作品。

6月，调至江苏省计经委从事研究等工作。搬家时没有保留和师友们的通信，但保留了退稿作品，当时投稿成功率颇高，整理出来投稿而未发表的作品不多。

7月，完成"河流"系列之组诗《老去的河》。

8月，《青年文学》刊出《之歌集》组诗，包括《松明之歌》《归来的桅杆之歌》《火把节之歌》等作品。

9月，《青春》杂志刊出长诗《鹰之歌》。

写作《向晚的铁轨》《我不知风往哪个方向吹》《最后一名挑战者》《回声》《往事》《浮雕》等诗作。"大地之旅"组诗完成《致连云港港行进中的拦海大堤》《新鲜的鸟群》《致一座新竣工的大楼》《车过隧道》等作品，后刊发于《青年文学》《人民日报》等处。

10月，《十字铁锚》获得浙江1989年新诗大奖赛佳作奖。《玫瑰之歌》获得庆祝新中国成立40周年华人画家、书法家、诗人联展铜奖。

12月，《飞天》杂志刊出《树根之歌》。完成《雨窗》《光明行》等作品。

从1983年初至1984年10月发表处女作的一年多时间中，总计投稿300余次，范围几乎涉及国内所有的地、市级以上的文学报刊,由于当时报刊实行退稿制度,各地编者的回复并不都是铅印的退稿信,许多老师对一个十六七岁的少年作者表达了关注、鼓励,有些还对诗稿提出了具体的修改意见,至今回想起来依然令人感动。印象中这些报刊中有不少早已停刊,但在当时具有较大的影响力,如《丑小鸭》《无名文学》等。而在1984年10月至1989年第一次创作高峰期间,一直和各地不少诗人保持书信的联系,大概是和各地诗友通信最多的一位诗人之一,其中和诗歌编者之间的交流更可以用频繁来形容。如《诗人》芦萍、冷杉,《国际诗坛》北岛,《人民文学》韩作荣,《中国作家》朴康平,《青年文学》赵日升,《解放军文艺》刘立云,《诗刊》唐晓渡、王家新,《星星》白航、叶延滨、鄢家发、张加百,《诗歌报》蒋维扬、乔延凤,《绿风》曲近,《中国文学》牛汉,《现代人》李敏,《飞天》张书绅、何来,《江南》岑琦,《当代诗歌》阿红、柳沄,《诗潮》罗继仁,《青年诗人》何鹰,《诗选刊》阿古拉泰,《华夏诗报》柯原,《黄河诗报》谢明洲,《作家》曲有源、宗仁发,《雨花》黄东成,《城市文学》梁志宏,《青春》马绪英、吴野,《人民日报》卢祖品,《新华日报》高风,《南京日报》叶庆瑞、陈永昌、高登岗,《风流一代》王慧骐,《莫愁》汪小农,以及《文学报》《文艺报》《随笔》等报刊的师友都曾予以悉心指导与帮助。投稿常常狂轰滥炸,编者却是不厌其烦,数语点拨与鼓励,促进了一个年轻作者前行的勇毅和创作水平的提高,或许这正是20世纪80年代之所以作为诗歌黄金时代的一个侧面,也是时代风景的反映。尤其是吉林《诗人》芦萍、安徽《诗歌报》蒋维扬、四川《星星》白航、北京《青年文学》赵日升、新疆《绿风》曲近、《诗刊》唐晓渡等编辑的鼓励和帮助最温暖人心。诗人芦萍曾在来信中说，"你是一个富有才华而且十分勤奋的作者，一定能成为一个大诗人"。诗人蒋维扬曾在来信中说，"你是我见过的最勤奋、最认真的作者"，一语鼓舞，记忆犹新。或许诗人止于谋面，除江苏本地的，大部分外地编辑师友都未见过面。